AF206039

Tucholsky Wagner Zola Scott Sydow Freud Schlegel
Turgenev Fonatne Wallace
Twain Walther von der Vogelweide Fouqué Friedrich II. von Preußen
Weber Freiligrath Frey
Fechner Fichte Weiße Rose von Fallersleben Kant Ernst Richthofen Frommel
Hölderlin
Fehrs Engels Fielding Eichendorff Tacitus Dumas
Faber Flaubert
Eliasberg Ebner Eschenbach
Feuerbach Maximilian I. von Habsburg Fock Eliot Zweig
Ewald Vergil
Goethe Elisabeth von Österreich London
Mendelssohn Balzac Shakespeare Dostojewski Ganghofer
Lichtenberg Rathenau Doyle Gjellerup
Trackl Stevenson Hambruch
Mommsen Tolstoi Lenz Droste-Hülshoff
Thoma Hanrieder
Dach Verne von Arnim Hägele Hauff Humboldt
Karrillon Reuter Rousseau Hagen Hauptmann Gautier
Garschin Baudelaire
Damaschke Defoe Hebbel
Descartes Hegel Kussmaul Herder
Wolfram von Eschenbach Dickens Schopenhauer
Bronner Darwin Melville Grimm Jerome Rilke George
Bebel Proust
Campe Horváth Aristoteles
Bismarck Vigny Barlach Voltaire Federer Herodot
Gengenbach Heine
Storm Casanova Tersteegen Gilm Grillparzer Georgy
Chamberlain Lessing Langbein Gryphius
Brentano Lafontaine
Strachwitz Claudius Schiller Kralik Iffland Sokrates
Katharina II. von Rußland Bellamy Schilling
Gerstäcker Raabe Gibbon Tschechow
Löns Hesse Hoffmann Gogol Wilde Gleim Vulpius
Luther Heym Hofmannsthal Klee Hölty Morgenstern
Roth Heyse Klopstock Goedicke
Luxemburg Puschkin Homer Kleist
La Roche Horaz Mörike Musil
Machiavelli Kierkegaard Kraft Kraus
Navarra Aurel Musset
Nestroy Marie de France Lamprecht Kind Kirchhoff Hugo Moltke
Laotse Ipsen Liebknecht
Nietzsche Nansen Ringelnatz
Marx Lassalle Gorki Klett Leibniz
von Ossietzky May vom Stein Lawrence Irving
Petalozzi Knigge
Platon Pückler Michelangelo Kafka
Sachs Poe Kock
Liebermann Korolenko
de Sade Praetorius Mistral Zetkin

Der Verlag tredition aus Hamburg veröffentlicht in der Reihe **TREDITION CLASSICS**
Werke aus mehr als zwei Jahrtausenden. Diese waren zu einem Großteil vergriffen
oder nur noch antiquarisch erhältlich.

Symbolfigur für **TREDITION CLASSICS** ist Johannes Gutenberg (1400 — 1468),
der Erfinder des Buchdrucks mit Metalllettern und der Druckerpresse.

Mit der Buchreihe **TREDITION CLASSICS** verfolgt tredition das Ziel, tausende
Klassiker der Weltliteratur verschiedener Sprachen wieder als gedruckte Bücher
aufzulegen – und das weltweit!

Die Buchreihe dient zur Bewahrung der Literatur und Förderung der Kultur.
Sie trägt so dazu bei, dass viele tausend Werke nicht in Vergessenheit geraten.

Das weiße Haus

Herman Bang

Impressum

Autor: Herman Bang
Übersetzung: Therese Krüger
Umschlagkonzept: toepferschumann, Berlin

Verlag: tradition GmbH, Hamburg
ISBN: 978-3-8495-2906-2
Printed in Germany

Text der Originalausgabe

Herman Bang

Das weiße Haus

Roman

Tell me the tales,
that to me were so dear,
long, long ago –
long, long ago.

Tage der Kindheit, euch will ich zurückrufen, Zeiten ohne Schuld, freundliche Zeiten, eurer will ich gern gedenken.

Meiner Mutter leichte Schritte werden durch helle Stuben klingen, und Menschen, die jetzt unter der Last des Lebens ergraut sind, werden lachen wie einst, als sie ihr Schicksal nicht kannten. Die Toten sollen wieder mit sanften Stimmen reden, und alte Lieder werden sich in den Chor der Erinnerungen mischen.

Doch auch bittere Worte werden erklingen, herbe Worte, wie Menschen sie sprechen, welche die harte Abrechnung mit dem schweren Leben kennen.

> Tell me the tales,
> that to me were so dear,
> long, long ago,
> long, long ago.

Es war daheim in der Dämmerstunde.

Draußen senkte sich sacht Schleier auf Schleier über den leuchtenden Schnee. Die Gebäude verdämmerten, die großen Pappeln verschwanden. Nur Jens, der Stallknecht, schlich mit seiner Laterne drüben bei den Ställen umher.

Drinnen saßen wir Kinder im Kreise auf Schemeln. Die Stube war groß, die Ecken fern. Vielleicht versteckten wir nur deshalb den Kopf hinter einer Gardine, weil es drinnen so dunkel war.

Mutters Stimme klang so zart, die Saiten des Klaviers tönten mehr wie eine Harfe:

> Tell me the tales,
> that to me were so dear,
> long, long ago,
> long, long ago.

Der Gesang verstummte. Man hörte keinen Laut. William, der der Mutter am nächsten saß, war auf seinem Schemel eingeschlafen.

»Mutter, sing weiter.«

Über die weißen Tasten fiel ein schwacher Lichtschein, glitt über alle Möbel und verschwand. Jens, der Stallknecht, trabte leise an den Fenstern vorbei mit seiner Laterne.

»Mutter, sing weiter.«

Eine Tür wird aufgemacht, ganz vorsichtig. Das war Vaters Tür.

> Herr Peter grub wohl Runen in den Steg,
> Dort, wo Klein Hellen oft nahm ihren Weg.
> Drauf lichtet er den Anker,
> Dem Winde durft er trau'n,
> Er segelte von Dänemark
> Und von den dänschen Frau'n.

> Schöne Worte
> Rühren manches Herz,
> Schöne Worte
> Brachten mir viel Schmerz,
> Schöne Worte.

Alles ist still. Wie einen Schatten, fein und schlank, sehen wir die Mutter dasitzen. Wenn der Schatten schweigt, hört man die große Uhr.

> Schöne Worte
> Rühren manches Herz,
> Schöne Worte
> Brachten mir viel Schmerz,
> Schöne Worte.

Draußen wird behutsam eine Tür aufgeklinkt. Es sind die Mädchen, die zuhören wollen. Um das Licht geschart, das im Messingleuchter auf dem Küchentisch steht, hören sie zu, wenn die Frau singt.

Der Großknecht schleicht herein. Die Holzpantoffel hat er vorsichtig ausgezogen und lehnt sich an den Türpfosten neben dem Wassereimer.

»Kinder.«

»Ja, Mutter.«

»Singt mit.«

Mutter erhebt die Stimme, schlägt die zitternden Tasten etwas kräftiger an und setzt wieder ein.

Herrlich ist die Erde,
Prächtig Gottes Himmel,
Schön ist der Seelen Pilgrimsgang.

Etwas ängstlich vor dem Dunkel kommen aus den Ecken die Stimmen der Kinder durch die Finsternis, geführt von der Stimme der Mutter.

Hin durch die weiten Reiche der Erde
Gehn wir zum Paradies mit Gesang.

Draußen in der Küche sitzen die Mädchen noch immer still um das brennende Licht.

Die Männer-Marie wischt mit dem Rücken der schwieligen Hand eine Träne fort

»Den Psalm,« sagt sie, »will die Frau sich vorsingen lassen, wenn sie einmal sterben muß.«

Alles ist still. Nur die große Uhr an der Tür spricht.

Da sagt aus seiner Ecke einer von den Knaben leise:

»Mutter, sing nochmal das Lied, das ich nicht verstehe.«

Der Mutter Schatten schweigt noch. Dann ertönen abermals – aber schwächer – die harfengleichen Töne:

Tell me the tales,
that to me were so dear,
long, long ago,
long, long ago.

Tage der Kindheit, euch will ich zurückrufen – ihr holden Zeiten ohne Schuld, da mein Herz froh war. Ihr Tage voll Zartheit, da die Tränen linde waren.

Tage der Kindheit, als die Mutter lebte. – Ich weiß noch einen Tag, als wir Brombeeren sammelten, Mutter, wir Kinder und Tine aus der Schule.

Es waren so viele Beeren da, und die Ranken waren so schön. Hinunter in die Gräben, ging es und an den Hecken liefen wir entlang. Wir Kinder blieben an den Ranken hängen und kreischten. Unsere Gesichter waren schmutzig, daß wir aussahen wie die Schmiedbuben.

»Sieh einer den Jungen an, sieh einer den Jungen an!« rief die Mutter.

Tine aber hatte eine mächtige Ranke ergriffen, die reich voll dunkler Beeren prangte, und warf sie schnell der Mutter um die Schultern.

»Ach, Sie entzückende Frau,« sagte sie.

Die Mutter stand an der Hecke, die Ranke hing ihr auf die Brust herab. Hoch gegen den leuchtenden Himmel.

Tage der Kindheit, euch will ich zurückrufen.

+++

Es war ein weißes Haus, und in dem Hause waren die Tapeten hell.

Alle Türen standen offen, auch im Winter, wenn mit Holz geheizt wurde.

Zwischen den Mahagonimöbeln standen Marmortische und auch weiße Konsolen, die von Augustenburg, vom Schloß, herübergekommen waren, als dort Auktion abgehalten wurde. Um die alten Porträte waren Immortellen gewunden, und es waren viele Efeupflanzen da, denn die Mutter liebte es, wenn der Efeu sich an einer hellen Wand emporrankte.

Die Gartenstube war so weiß, daß sie förmlich glänzte.

Die Kinder liebten diese Stube, vor allem aber die Gartentreppe, auf deren weißgestrichenem Geländer sie hinunterrutschten.

»Kinder, Kinder!« rief die Mutter, »lehnt euch ja nicht an das Geländer.«

»Um Gottes willen,« sagte sie zu Tine, der Lehrerstochter, »es endet eines schönen Tages damit, daß sie sich den Hals brechen. Wir schicken doch auch nie zum Tischler.«

Das Geländer war wackelig und wurde nie zurechtgemacht.

Aber die Gartentür wurde früh im Herbst geschlossen, der Riegel vorgeschoben und die grünen Gardinen über die weißen gehängt, damit es gemütlich wurde. Denn die Mutter liebte den Garten und die große Allee nicht, wenn nicht Sonne darüber war, Sonne, die lange schien.

»Gott mag wissen, wie es im Küchengarten aussieht,« sagte sie plötzlich zu Schullehrers Tine, wenn sie nachmittags beim Kaffee saßen.

Sie kam die neun Monate nicht in den Küchengarten.

Er lag weit abseits hinter der Pappelallee und hinter dem Wagentor, und die Kinder durften auch nicht hinlaufen, weil sie dann nasse Füße bekamen. Aber hin und wieder, wenn die Wege ganz aufgeweicht waren und man auf dem ganzen Hofe nicht gründen konnte, dann wollte die Mutter hin und nach dem Garten sehen.

In den Holzpantinen der Männer-Marie und mit hochgeschürzten Röcken zog sie los, über den Hof.

Alle Mädchen standen draußen auf der Treppe, um ihr nachzusehen.

»Kinderchen, Kinderchen!« rief sie; sie machte keine zehn Schritte, ohne mit den Holzpantinen stecken zu bleiben.

Wenn sie wiederkam, mußte sie warme Zwiebäcke zur Stärkung haben.

»Liebes Kind,« sagte sie zur Lehrerstochter, »daß die Leute im Winter nicht in der Stube bleiben.«

Die Kinder spielten auf dem Teppich. Er war rot und grau, mit vielen großen Feldern. Die Felder waren Königreiche, über die die Kinder herrschten, und um die sie kämpften. Sie zankten sich und vergossen Tränen. Sie verbarrikadierten ihre Königreiche mit den Möbeln. Die ganze Wohnstube sah aus wie Babylon im Aufruhr.

»Was die Kinder doch für einen Lärm machen,« sagte die Mutter zur Mamsell (sie stiftete sie aber selber dazu an).

»So, so, jetzt verliert Nina wieder die Mamelucken!«

Mit den Mamelucken war immer etwas los. Bald zerknitterten sie, und bald gingen sie im Kampf um die Königreiche verloren.

Vor den Fenstern lag der Schnee. Der Großknecht, der Knecht und der Kuhhirt versahen ihre Hantierung. Langsam und bedächtig gingen sie zwischen Ställen und Scheune hin und her.

Wenn die Stalltür geöffnet wurde, hörte man die Kühe brüllen.

»Mutter,« sagte Nina, »da brüllt Williams Kuh.«

Aber es konnte auch passieren – wenn der Vater aus war –, daß die Mutter den Kuhhirten bat, alle Kühe »nur einen Augenblick« in den weißen Hof hinauszulassen. Und nun sprangen sie alle vierzehn, die roten, die weißen und die scheckigen, im Schnee herum, während die Kinder juchzten.

»Macht die Zauntür zu, macht die Zauntür zu!« rief die Mutter. Sie lachte am lautesten, mitten auf der Treppe stehend. Aber in eine von den scheckigen war der Teufel gefahren.

»O, wie die springt,« sagte die Mutter.

Sie rannte so weit, den Schwanz steil in die Luft, daß sie erst oben beim Dorfschulzen eingefangen wurde.

Wenn der Vater nach Hause kam, war die Stalltür geschlossen, und der Hof lag wieder ruhig da wie früher.

Die Mutter aber hatte Zahnschmerzen bekommen, weil sie mit bloßem Kopf auf der Treppe gestanden hatte.

Tine mußte geholt werden.

Tine mußte fortwährend geholt werden. Tine kam, den Kleiderrock über dem Kopf zusammengeschlagen.

»Gott, was Sie für eine Kälte mitbringen,« sagte die Mutter, die immer fröstelte, sobald nur eine Tür ging.

»Tine, ich habe Zahnweh,« sagte sie.

Der Toilettenspiegel mußte mitten auf einen großen Tisch gestellt werden, und es mußte mit kleinen Zweigen von einem Busch, der im Garten des Lehrers wuchs, geräuchert werden. Alle Kinder, Tine und die Mamsell standen herum.

Das ganze Schlafzimmer war in Qualm gehüllt, während die Mutter den geöffneten Mund über die rauchenden Zweige hielt.

»Tine, Tine, jetzt!« rief die Mutter.

Tine sollte mit einer Haarnadel in die Zähne hineinstechen.

»Da ist er, da ist er!« rief die Mutter.

»Seht den Wurm!«

Tine hatte sich angestrengt, und es fiel ein Stück Email vor dem Toilettenspiegel nieder.

Die Mutter glaubte unerschütterlich, es sei ein Wurm, und wenn drei bis vier Würmer herausgekommen waren, hatte sie nie mehr Zahnweh.

Tine war aber die einzige, die sie herausstochern konnte. Sie stocherte sie gewissenhaft aus allen Zähnen der Kinder heraus.

»Lieber Fritz,« sagte die Mutter zum Vater, der Einwendungen machte, »ich sehe doch die Würmer mit diesen meinen beiden Augen. Aber es muß mit Karböllings Busch geräuchert werden.«

Der Kreisarzt in Sonderburg sagte, der Rauch vom Busch des Lehrers sei sehr giftig.

Ein Zahnwehprozeß konnte gut einen halben Nachmittag ausfüllen, bis die Dämmerung hereinbrach.

In der Dämmerung war es herrlich im Waschhaus. Der warme Dampf füllte den ganzen Raum, und das Feuer unter dem Kessel sah aus wie ein großes, rotes Auge. Die Mädchen klopften das gewaschene Zeug mit Hölzern, daß es nur so schallte. Die Mutter saß auf einem Dreifuß mitten im Lärm.

Nirgendwann und nirgendwo ging den Mädchen das Mundwerk so wie im Waschhaus.

Der ganze Dorfklatsch strömte zur Tür herein.

Die Mutter konnte auf ihrem Dreifuß stundenlang zuhören, bis sie plötzlich wieder in die Stube zurücklief.

Und unweigerlich sagte sie nach solchen Stunden im Waschhause: »Gott im Himmel, was solche Leute für Ideen haben.«

Und es war, als schöbe sie mit ihren schönen Händen etwas von sich weg.

»Daß Sie das alles mit anhören mögen!« sagte Tine.

»Ja, sie sehen so drollig aus,« sagte die Mutter und machte den Mädchen alles nach.

Sie konnte jeden einzigen Menschen imitieren, der ins Haus kam.

Aber meistens blieb sie während der Dämmerung in der Wohnstube. Dort sang sie. Es gab aber auch Dämmerstunden, in denen sie im hohen Rohrsessel auf dem Fenstertritt sitzen blieb, die Hände im Schoß.

Dann sprach sie leise in die stille Stube hinein.

Sie sprach am liebsten davon, wie es sein würde, wenn sie alt wäre und graues Haar bekäme, ganz graues Haar.

Und wenn sie Witwe wäre, und alle ihre Kinder erwachsen, und sie arm.

»Furchtbar arm,« sagte sie.

Dann könnte abends nichts auf den Tisch kommen als Butter und Käse in der alten kristallenen Käseglocke.

»Die Butter muß aber gut sein,« sagte sie. Und sie malte sich aus, wie weiß das Tischtuch sein sollte, und wie die Kinder alle von ihrer Arbeit kommen und am Tisch bei ihr den Tee trinken sollten, bei ihr, die grau und still und alt dasaß und arm war. Denn die Armut war für sie eine Art träumerischer Sorglosigkeit.

Sie hatte wohl nie andere »Arme« gesehen als die in den kleinen weißgetünchten Häusern an der Dorfstraße.

Wenn der Tee getrunken war und der Vater fort, kamen die besten Stunden. Das war die Zeit, wo die Puppen hervorgeholt wurden. Der Speisetisch wurde ausgezogen, wie zu einer Gesellschaft, und die Mutter thronte mitten unter all ihren Pappschachteln, in denen die Puppen aufbewahrt wurden.

Jetzt, jetzt durften sie herausgeholt werden, denn jetzt war Vater aus.

Und dann kamen sie hervor zu Hunderten. Es waren Figuren aus Modejournalen, auf hölzerne Klötze geklebt. Jede hatte einen Namen, der auf die Rückseite geschrieben war, jede war etwas – alle wurden sie aufgestellt, über den ganzen Tisch hin. Und die Komödie begann, während die Mutter dirigierte.

Die Puppen gaben Gesellschaften und machten Visiten.

Sie plauderten, sie machten Knixe und Bücklinge. Die Mutter wurde rot vor Anstrengung, und sie rückte herum und leitete alles, die Arme weit über den Tisch ausgestreckt.

Die Kinder hatten auch ihre Puppen und die Mamsell ebenfalls. Aber nie gingen die Papierpuppen der Mutter nach Wunsch, und sie redete für alle.

»Jungfer Jespersen, Jungfer Jespersen, Sie vergessen Fräulein Lövenskjold.«

»Fräulein Lövenskjold« war stehen geblieben, und sie sollte sich bewegen. Für die Mutter waren es nicht Puppen. Für die Mutter waren es Menschen. Sie sprachen und mimten und sangen. Sie spielten hundert Komödien. Bald in einem Badeort und bald in Paris.

Die Kinder sahen zu, als zöge die ganze Welt, vornehm und fein, vor ihnen auf dem Tisch vorbei.

Die Mädchen kamen herein. Sie mochten so gern zuhören. Sie verstanden kein Wort, aber sie standen kerzengerade da, die Hände unter den Schürzen, und hörten zu. Wenn mit den Puppen etwas Trauriges passierte, weinten sie. Aber mitten in der Komödie sprang die Mutter auf, und die Puppen wurden durcheinandergeworfen – in die Schürzen, in die Schachteln. Der Vater kam nach Hause.

»Den Tisch zusammenklappen, den Tisch zusammenklappen!« Mägde und Kinder kriegten es eilig. Die Mutter selber ließ vor Schreck alles liegen.

»Gott, daß die Kinder auch noch auf sind,« sagte sie. Und die Kinder kamen Hals über Kopf ins Bett. Die Mutter aber saß mitten auf dem Sofa zwischen den beiden Mahagonischränken und war so erschrocken, daß sie Eingemachtes und Zwieback haben mußte ...

Sie kostümierte auch die Mägde.

Es war an einem Abend, als sie mit den Kindern allein zu Hause war.

Da wurde draußen laut an das Hoftor geklopft, und die Mamsell mußte hinausgehen und aufmachen und kam schreiend zurück.

»Ein Landstreicher ... Ein Landstreicher ...«

Und der Landstreicher kam in die Stube herein, während die Mutter am lautesten schrie. Häßlich war er anzusehen, und die Kinder kreischten. Plötzlich aber entdeckt einer der Jungens, daß es »die große Marie« ist.

»Mutter, es ist die große Marie!« schreit er. Aber im selben Augenblick flüstert die Mutter der Marie zu:

»Gib Nina eins an die Ohren.«

Und Nina kriegte von Maries Fäusten eine Ohrfeige, daß es nur so klatschte.

Da glaubten die Kinder, es müsse ein Landstreicher sein.

Hinterher aber bot die Mutter der Männer-Marie einen Schnaps an, und den mußte sie austrinken, denn jetzt war sie ja eine richtige Mannsperson.

Weißes Haus, du weißes Haus, in jubelnden Scharen kommen die Erinnerungen an dich – kommen und sammeln sich um einen. Könnte ich nur mit Worten ein Bild malen, das unvergänglich wäre – ein Bild von Jugend und Lächeln, von Anmut und von Traurigkeit, von Frohsinn mit traurigen Augen, von Schwermut, die mit zitterndem Munde lachte; von hilflosen Händen, die nur die Not der andern zu lindern verstanden, von feinen Gliedern, die sich in der Sonne dehnten, und frösteln, wenn die Sonne unterging.

Ein Bild von der, die das Leben liebte und an seinem Kummer zugrunde ging.

Sie starb wie eine schöne Blume, die geknickt wird.

Keine Rose, auch keine Lilie.

Eine seltenere Blume, mit zarten Fibern, in späten Jahren von einem geduldigen Gärtner gezogen; ein vielfarbiger Kelch, so schön im Sonnenlicht, der sich aber um die Abendzeit scheu zusammenschließt ...

Ein Siegessang, den der Schmerz in der Kehle erstickt.

Eine Fremde auf Erden, und doch geliebt wie ein seltener Gast.

Weißes Haus, du meiner Kindheit weißes Haus – so war sie, die deine Seele war.

Aber der Herbst verging, und Weihnachten kam heran.

Die Mutter und Lehrers Tine saßen lange auf, und die Kinder bekamen Zwetschen, damit sie früh ins Bett gingen.

Die alte Kutsche kam jeden zweiten Tag vor die Tür gerollt, und der ganze Korridor war voller Fußsäcke. Es mußten so viele Fußsäcke da sein, wenn die Mutter ausfahren wollte. Und Sonderburg war nicht, wie Augustenburg, etwas, das man im Sprunge erreichen konnte, es waren zwei Meilen bis dahin, folglich eine förmliche Reise.

Wenn die Mutter aber nach Hause kam, lachte und plauderte sie und tat geheimnisvoll, während die Kinder ins Schlafzimmer eingeschlossen wurden, denn sie durften nichts sehen. Sie hörten nur den Kutscher, der aus und ein ging und Kisten hereinschleppte. Das war das aus Kopenhagen.

»Es« war also gekommen.

Das war die große Frage, ob »es« kam – alle die Geschenke vom Großvater. Denn kam es nicht, würden die Weihnachtstische ja leer sein.

Ein Jahr war so viel Eis und Schnee, daß die Kisten ausblieben. Die Mutter schickte einen Boten nach Sonderburg, und die Mutter fuhr selber hin, und Mutter ließ den Vater telegraphieren – es war in den ersten Jahren, als man den Telegraphen hatte –, aber die Kisten kamen nicht.

Die Mutter weinte und wußte sich keinen Rat. Hundertmal kehrte sie ihr altes Portemonnaie um. Es war ein Loch darin, so daß das Geld in ihre Tasche fiel. Schließlich aber legte sie auf alle Weihnachtstische Tannenzweige, und da sah es aus, als sei eine Menge da.

Aber diesmal waren die Kisten gekommen, und vom Schlafzimmer aus konnten die Kinder hören, wie Tine sich abquälte, um sie aufzukriegen.

Die Mutter selbst hatte keine Ruhe.

»Tine, Tine, sehen Sie –«

Tine sah hin.

»Tine, so, nun geht der Deckel ab.«

Die Kinder stürzten aus dem Bett, aber das Schlüsselloch war mit Papier zugestopft.

Drinnen in der Wohnstube kniete die Mutter auf dem Fußboden – so erzählten die Mägde – vor den Kisten. Der ganze Teppich war überschwemmt mit Paketen, mit Stroh und Weihnachtssachen.

Und die Mutter rief:

»Nein, nein, das ist für Nina ...«

»Sieh doch, sieh doch, dies ist für William ...«

Und sie kramte weiter im Papier und Stroh herum. Das ganze Zimmer war übersät damit.

»Herr du meine Güte, ist das ein Aufzug, wenn die Frau mal was anfaßt,« sagten die Mägde. Sie waren selber auch furchtbar gespannt und neugierig. Erst spät in der Nacht wurden sie fertig. Denn es mußten frische Würste gestopft werden, Teig angerührt, und jeder Fetzen im Hause mußte zu Weihnachten gewaschen werden.

Die Mutter saß mitten in der Wurstmacherei im Waschhause, mit aufgeschürztem Kleid, und sang die Lieder vor. Zu einigen, die die Mägde kannten, summte die Mutter nur die Melodie.

»Denn, Kind,« sagte sie zu Tine, »die Worte sind zu schlimm.«

Die Alsenschen Wurstlieder waren die schlimmsten Soldatenlieder im Lande.

»Aber,« sagte die Mutter, wenn es Weihnachten wurde, »ich glaube wirklich nicht, daß Maren selber weiß, was sie singt.«

Gewöhnlich sang Maren, das Waschmädchen, immer nur Lieder vom ersten schleswigschen Krieg und von König Friedrich VII. ... Die waren so traurig, daß sie dabei weinte.

In den letzten Tagen wurde gebacken.

Das ganze Haus war voll Apfel- und Kuchenduft, und die Tür zum blauen Fremdenzimmer stand nicht still. Denn dort wurden Apfel, Gewürz, Zwetschen und alle guten Dinge aufbewahrt. Dann kam Tine die Treppe heraufgelaufen, daß ihr die Röcke flogen:

»Hallo, Kinderchen, jetzt geht's los!« rief sie.

Die Kinder formten Männer und Frauen aus dem braunen Teig, der zuletzt ganz dreckig wurde.

Die Mutter hatte eine weiße Schürze um, und der Vater ging ganz bekümmert umher, weil sie sich die Hände dabei verderben könne.

Die Mutter wollte immer die letzte Hand anlegen, sie bestrich die Kuchen mit Eiweiß, und sie setzte den Pfefferkuchenmännern die Augen ein.

»Jetzt laßt mich, jetzt laßt mich,« sagte sie.

Und ihre weiße Schürze flatterte, so eilig hatte sie es, während alle Kinder immerfort hinter ihr herliefen.

War das ein Dampf und ein Duft von Gewürz und ein Klappern mit den Kuchenplatten und ein Spektakel mit den Öfen. Denn die Öfen flogen auf und zu, und Kuchenplatten kamen hinein, und Kuchenplatten kamen heraus. Lehrers Tine aber peitschte den Teig für die weißen Schaumkuchen und hielt dabei die irdene Schüssel fest zwischen die Knie geklemmt, denn die weißen Kuchen erforderten Kräfte, und die Eier mußten stundenlang geschlagen werden.

»So, jetzt will ich,« sagte die Mutter.

Und sie faßte die irdene Schüssel und rührte mit dem großen Löffel darin herum.

»Puh, macht das heiß,« sagte sie und ließ sie wieder los.

Und sie fing an zu singen, im Qualm auf dem Haublock sitzend, mit roten Wangen und so vergnügt:

> Lisbeth, Lisbeth!
> O wie bist du süß und nett!
> Nicht so kokett!
> Lisbeth, Lisbeth!
> O wie bist du süß und nett!

Und alle sangen sie mit, im Qualm und Dunst, die Mädchen und die Kinder und Tine, die Mutter aber war schon wieder drinnen in der Wohnstube:

»Tine, Tine!« rief sie, »lassen Sie jetzt die Kinder dran.«

Sie hatte sich in den Schaukelstuhl fallen lassen.

Sie war von den vielen Nichtigkeiten müde geworden.

Alle Türen standen offen, so daß der Kuchendunst hereindrang, die Schneebesen lärmten und die Ofentüren klapperten.

»Ach, Tine geben Sie mir meine Briefe her,« sagte die Mutter.

Es waren die Briefe aus dem Sekretär, alle Jugendbriefe der Mutter von ihrer eigenen Mutter, von ihren Freundinnen und von ihrem Vater. Sie lagen zierlich in Pakete geordnet, vergilbt, zusammengefaltet, wie in jener Zeit, als man noch keine Kuwerte hatte, mit verwelkten Veilchen dazwischen, mit Bändern umwunden.

Die Mutter liebte ihre Briefe.

Sie las sie nicht. Sie saß aber und hielt sie in ihrem Schoß.

Und dann erzählte sie.

– Von ihrem Vater, dem alten Postmeister mit der hohen Halsbinde – einem von den richtigen Beamten, einem von denen, die immer dachten, sie müßten sehr grob sein, wenn sie im Amt waren. Die Bauern nannten ihn »Vater«, aber sie zitterten, wenn sie ihn stören sollten.

– Und von ihrer Mutter, die, durch die Gicht an ihren Rollstuhl gefesselt, so zart und so fein gewesen, als hätte sie gar keinen Körper, mit einem bleichen Gesicht, einem Gesicht ohne Farbe und einem Munde, der nicht gern redet, weil er sich müde geredet hat und jetzt lieber seine Geheimnisse verschweigt.

»Ja, sie schwieg sich aus,« sagte die Mutter und sah vor sich hin, die Briefe in ihrem Schoß. Es war, als wenn eine plötzliche Mattheit sie überkäme, und ihre Stimme klang verändert. »Aber das lernen wir wohl alle,« sagte sie. Man hörte plötzlich den Vater ins Zimmer kommen. »Ich bin es nur,« sagte er. Die Mutter senkte den Kopf. Gleich darauf erzählte sie weiter, aber gewissermaßen hastiger.

Sie erzählte von ihren Freundinnen, den jungen Mädchen aus dem weißen Hause.

»Ach, wir hatten unsere Zimmer ganz oben im Turm,« sagte sie, »und wenn wir unsere Fenster aufmachten, sahen wir das Meer ...« Die Mutter legte ihre Hände in den Schoß.

»Ja, Gott mag wissen, wie es zuging,« sagte sie, »aber es ist ihnen allen schlecht gegangen.«

Unglücklich verheiratet hatten sie sich, auf Abwege waren sie geraten und in der weiten Welt verstreut.

Das einzige, was sie sich bewahrt hatten, war ihr Geld und ihre Vornehmheit.

»Sie hatten zu heißes Blut,« sagte die Mutter. »Ich glaube,« – und sie schwieg einen Augenblick – »die Familie war liebeskrank.«

Manchmal kamen Briefe von ihnen, aus fernen Städten und Ländern, wo sie als Baronessen und Gräfinnen lebten, mit Verbannten und Spielern verheiratet.

Eine von ihnen wohnte in Norditalien. Die Mutter weinte immer, wenn sie von ihr einen Brief bekam.

»Ach,« sagte sie, »sie wurde mit so einem alten Knast verheiratet, einige sagen, er sei ein Lord, und andere sagen, er sei Schuhmacher gewesen.« Aber jedes Jahr kamen von dieser Freundin auch Briefe aus Kopenhagen.

Sie war daheim – – um ihren Sohn zu sehen.

»Das ist ja das einzige, was sie hier auf Erden liebt,« sagte die Mutter zu Tine.

Den Sohn hatte sie wahrscheinlich auf etwas irreguläre Weise bekommen, und da hatte sie wegreisen müssen und war dort unten in Norditalien mit dem Lord oder Schuhmacher verheiratet worden.

»Aber reich ist sie ja,« sagte die Mutter. Es war fast, als käme der Weltschmerz über sie, wenn sie von dieser Freundin sprach.

»Gott mag wissen, wie es zugeht,« sagte sie wieder, »aber es ging ihnen allen schlecht.«

Der Vater der Freundin kam zuweilen, immer ganz plötzlich und blieb immer nur kurze Zeit.

Ein großer, magerer Mann mit der Haltung eines Menschen, der, ohne den Rücken zu beugen, gewohnt ist, bei Hofe zu verkehren.

Die Mädchen meldeten manchmal ganz unvermutet:

»Der Herr Hofjägermeister ist da!«

Und er trat ein und verbeugte sich so merkwürdig tief und so seltsam bewegt vor der Mutter, die ihm entgegenschritt. Und dann ließ er sich immer in großem Abstand von ihr nieder und sprach mit einer Stimme, die weit herzukommen und vom Kummer matt geworden zu sein schien.

Und er ging so plötzlich, wie er gekommen war.

Die Mutter aber weinte, wenn er fort war, und die Kinder hatten Angst, denn es war beinah, als sei ein Gespenst da gewesen.

»Ich wollte Sie nur sehen,« sagte er, wenn er fortging, verbeugte sich wieder und küßte der Mutter die Hand.

Er kam, um von denen sprechen zu können, die so weit entfernt waren ...

... Die Mutter aber blieb im Weihnachtsdampf sitzen mit ihren Jugendbriefen auf dem Schoß. Lehrers Tine saß auf einem Schemel neben ihrem Stuhl.

Die Mutter erzählte von ihrer Verlobungszeit.

Sie kam ja aus der Provinz; sie kannte nichts und wußte von nichts und fühlte sich fremd im alten Hause der Exzellenz.

Das war etwas ganz Neues und sehr Beängstigendes, im Erdgeschoß die Mynsters und die Örsteds, und oben im zweiten Stock der Öhlenschläger.

Es war ein Leben, die Kronleuchter immer angezündet, die Schwiegermutter in schwarzem Samt, und die alten Familienwappen auf alle Kissen gestickt, dazu die silbernen Kannen auf den Etageren, und die Gemälde an den Wänden so feierlich wie in einer Kunstsammlung.

Die Mutter ging ganz verschüchtert umher.

Aber bei der Verlobungsfeier, wo Toaste ausgebracht wurden und Seine Exzellenz selber die Verse gemacht hatte, da schlich sich die Mutter auf die Treppe hinaus, die zu Öhlenschläger hinaufführte, und dort saß sie und weinte; das Gesicht in den Händen, weinte sie und weinte. Der Diener fand sie.

Er mußte den Vater holen.

»Nein, nein, ich will nicht hinein,« sagte sie, »laß mich nach Hause, laß mich nach Hause.«

Und sie weinte, als ginge es ihr ans Leben.

Und die Mutter erzählte weiter, mit den Briefen im Schoß, von ihrer Jugend, von den entschwundenen Tagen. Plötzlich sagte sie:

»Ja, es gibt Dinge, an die man nie denken sollte.«

Tine sagte: »Es ist doch immer gut, an das Glück zu denken.«

»Nein, die Erinnerung daran zerbricht einen.« Die Mutter stand auf. »Aber wie wunderbar schön war das Schlittschuhlaufen,« sagte sie.

Dann lief sie wieder hinaus zu den Schaumkuchen. Jetzt mußten sie doch genug gerührt sein. Oder sie mußte plötzlich Lorbeerblätter auf die Sülze legen.

»Denn es muß doch alles gemacht werden,« sagte sie, und lief hin und her, während Tine alles machte. – –

Kindertage –
zu euch bin ich zurückgeflüchtet,
daß ihr lindert meines Herzens Weh.
Niemand zählt die Tränen,
die verweinte Augen
so gerne weinen möchten.
Kindheitstage,
Kindheitsfreuden,
lindert meines Herzens Weh!

Du, Mutter,
die selber litt,
schlank wie die Blume,
die jäh geknickt.
Du, Mutter,
die selber liebte,
bleib jetzt bei mir
in meines Herzens Weh.

Weit muß der Mensch gehn,
und fest muß sein Schritt sein.
Kindheitsfreuden,
kommt mit eurem Jubel,
lindert
– eine Weile nur –
meines Herzens Weh.
Kindheitsfreuden
ich flehe euch an:
daß ihr mögt lindem meines Herzens Weh.

Mutters größter Tag aber war der Tag vor dem Heiligen Abend.

Denn das war der Tag der Armen.

Vom frühen Morgen an – und es war sicher der einzige Tag im Jahre, an dem sie so früh aufstand – hatte die Mutter Reis in Beutel getan und Kaffeebohnen in Tüten und Kandiszucker danebengelegt.

Auf dem Tisch stand eine Wage, und Tine wog ab.

Recht mußte sein und in jedem Beutel gleich viel.

Die Mutter aber schüttete hinzu, und ihr war es nie genug.

»Lieber Gott,« sagte sie, »als ob mehr als einmal im Jahr Weihnachten wäre.«

Wenn alle Beutel gefüllt waren, gab es keine Kaffeebohnen und keinen Zucker mehr im Hause.

»Denn wir nehmen von unserm eigenen,« sagte die Mutter, wenn es knapp war.

Am Nachmittag kamen dann die Tagelöhnerfrauen angesockt. Es war gleichsam, als schlichen sie sich am Hause entlang. Und sie stellten ihre Holzpantoffel in eine Reihe auf den Flur und traten auf schwarzen Socken in die Wohnstube, sprachen kein Wort, sondern bekamen nur ihr Teil und reichten mit einem »Schön Dank« ihre schlaffe Hand hin.

Die Mutter aber hatte genug mit Fragen zu tun: die hatte dies nötig und die andere das.

Wenn die Tagelöhnerfrauen glücklich fort waren, gab es im Kinderzimmer keinen überflüssigen Lappen mehr.

»Tinchen,« sagte die Mutter, »wir werden schon etwas wieder kriegen.«

Sie sank in einen Lehnstuhl nieder, ließ alle Fenster weit öffnen und mit Eau de Cologne sprengen.

»Denn, Kinderchen,« sagte sie, »die Reinlichsten stinken nach grüner Seife.«

Der Vater befahl dem Stubenmädchen, alle Türklinken abzuwischen.

... Am andern Tage wurden die Weihnachtstische zurechtgemacht. Das war eine mühsame Sache, und die Mutter brauchte viel Zeit dazu. Denn jeder sollte gleich viel haben. Den ganzen Tag ging die Mutter umher und maß und schätzte mit den Augen ab; wenn auf einem Tisch zu wenig war, so stahl sie eine Kleinigkeit von einem andern.

Der Baum wurde angezündet. Tine stand auf einer Leiter, während sie ihn anzündete. Nur Silber und Silber und lauter weiße Kerzen. Die Mutter ging rund um den Baum herum. »Da ist noch eins,« sagte sie. Und sie deutete auf ein unangezündetes Licht. Sie konnte nie Licht genug bekommen, und sie setzte die Kerzen viel zu dicht auf die Zweige.

»Aber wir stecken den Baum an,« sagte Tine von der Leiter herab. Ein Jahr hatten sie wirklich den Weihnachtsbaum in Brand gesetzt. In einem Moment brannte es hell auf, während all das Silber flammte und verkohlte und die Mutter zusah, den Feuerschein auf dem Gesicht. »Wie schön, wie schön,« sagte sie. Da fingen die Zweige Feuer. »Hier wird Feuer,« rief die Mutter.

»Ja, freilich,« sagte Tine, die auf den Korridor hinausstürzte und zwei wollene Tücher holte, die sie über den brennenden Baum warf. Die Mutter aber stellte mehrere Armleuchter auf alle Tische, und die Kinder mußten um den verkohlten Baum tanzen. »Stella,« sagte der Vater, »wie unvorsichtig du bist.«

Mutters Augen blitzten plötzlich auf. »Fritz,« sagte sie und hob den Kopf, als sähe sie den schönen, flammenden Baum noch vor sich: »Fritz, es war so schön!« ...

... »Da ist noch eins.« Dann war keins mehr da. Alle Lichte zwischen dem glitzernden Silber waren angezündet. Die Mutter stand schweigend im Glanz des Baumes.

»Das ist unser dreizehntes Weihnachten hier,« sagte sie, und ihre Stimme klang plötzlich matt. »Aber die Tische, Tine,« sagte sie und wechselte den Ton, während sie schnell und gründlich über die weißen Tischtücher hinblickte. »Für Lars, den Großknecht, ist nicht genug da.« Sie stand grübelnd vor dem Tisch des Großknechts. »Aber was soll man für Lars auch finden, Tine?« Plötzlich nickte sie mit dem Kopf. »Tine,« sagte sie, »laufen Sie zu Fritz hinein. Wir stehlen zehn Zigarren.«

Tine schlich in des Vaters Zimmer hinein. »Dürfen wir kommen?« riefen die Kinder in der Wohnstube.

»Gleich,« sagte Tine und machte die Tür hinter sich zu. Sie hatte die Zigarren in Sicherheit gebracht.

»Gott sei Dank,« sagte die Mutter und seufzte, als sei sie von einer Last befreit. »Nun binden wir sie mit einem roten Band zusammen,« sagte sie.

»Ich habe kein Band,« sagte Tine.

Die Mutter sah sich um, auf allen Tischen. »Wir nehmen eine Schleife von Fräulein Jespersens Fischü.« Das Fischü war ein Geschenk für Mutter von Fräulein Helene Jespersen. Es war mit vielen kleinen rosa Schleifen besetzt. »Ja,« sagte die Mutter, während Tine das Band abtrennte, »es sind auch zu viele Schleifen auf Fräulein Jespersens Fischü.« Das rosarote Bandende wurde um die Zigarren geknotet. »So, jetzt machen wir auf,« sagte die Mutter. Sie öffnete selbst die Tür, und die Kinder stürmten herein. »Fröhliche Weihnachten,« sagte die Mutter. Sie stand mitten auf der Schwelle.

»Wo ist mein Tisch?«

»Wo ist mein Tisch?«

»Wo ist meiner?« riefen die Kinder im Chor. »Da, da,« sagte die Mutter. Ihr Gesicht strahlte. Die Kinder scharten sich mit hochgereckten Händen um sie.

»Mutter, Mutter,« riefen sie, »jetzt das vom Baum – jetzt das vom Baum.«

»Ja.« Die letzten Geschenke lagen, in viel Papier eingewickelt, unter dem Weihnachtsbaum. Die Mutter kroch auf dem Fußboden umher, holte sie hervor und sammelte die Pakete in ihrem Schoß. Jetzt hatte sie alle, und sie stand mitten zwischen den Kindern auf.

»Jetzt, jetzt,« riefen die Kinder.

»Ja.« Und sie warf sie wie wahllos zu den emporgereckten Händen der Kinder hinunter: »für dich,« und »für dich,« und »für dich,« rief sie, während die Kinder jubelten.

Der Vater war in die offene Tür getreten. An den Türrahmen gelehnt, stand er schweigend da und betrachtete die Mutter und seine Kinder. Und hastig, während ein Schimmer von Zärtlichkeit – oder vielleicht nur von Bewunderung – einen Moment in seinen Augen aufblitzte, ging er auf die Mutter zu. »Du Geberin,« flüsterte er. Die Mutter schlug die Augen nieder, daß es fast aussah, als schlösse sie sie eine Sekunde. »Du gibst, Fritz,« sagte sie. Der Vater glitt beiseite. »Aber jetzt müssen die Leute herein, Tine,« sagte die Mutter. Sie hatten sich schon auf dem Korridor versammelt. Die Mägde waren auf Socken, und die Knechte hatten Stiefel an. »So, Kinder,« sagte die Mutter und machte die Tür auf, »jetzt ist Weihnachtsabend.« Sie kamen alle herein, einer nach dem andern, sehr langsam, mit einem wunderlichen Sprung über die Türschwelle, als setzten sie über eine Barrikade. Und Gesichter machten sie, als gingen sie zum Altar. Zuletzt kam Jens, der Kuhhirt. Er hatte eine gestreifte Weste über traurig hängenden Hosen an. Sie bekamen die Geschenke und bedankten sich – was sie sagten, hat nie ein Mensch gehört – und trugen die Dinge in die Ecke, als wollten sie sie in Sicherheit bringen; dabei schielten sie nach den Geschenken der anderen hin.

»So, Jens,« sagte die Mutter, »jetzt wollen wir tanzen.« Es wurde eine Kette gebildet. Den Anfang machte sie selbst mit Jens, dann kamen die Kinder mit den Mägden und Knechten.

»Den Kreis schließen,« rief sie Tine zu und sie setzte sich in Bewegung. Langsam zog der Kreis um den Baum, während die Mutter mit ihrer etwas zitternden Stimme zu singen anfing.

> »Schön ist die Erde,
> Prächtig ist Gottes Himmel,
> Schön ist der Seelen Pilgrimsgang.
> Hin durch die holden
> Reiche der Erde
> Gehn wir zum Paradies mit Gesang.«

Nach und nach fielen alle ein, während Mutters Stimme lauter wurde und sie langsam weiter um den Baum wanderten. Alle Gesichter waren nach oben gewandt, zum Licht des Weihnachtsbaumes. Vom anderen Zimmer aus dem Halbdunkel fiel plötzlich Vaters Stimme ein, so merkwürdig tief, wie von weit her. Die Mutter war beim Klang seiner Stimme stehen geblieben. Dann ging sie wieder weiter, immer in das Licht des Baumes starrend.

»Durch die holden
Reiche der Erde
Ziehn wir zum Paradies mit Gesang.«

Der Gesang erstarb.

»Singe jetzt allein, Mutter,« sagte der älteste Junge.

»Ja, gnädige Frau, singen Sie allein,« sagte die Männer-Marie, die die ganze Zeit bitterlich weinte, ohne es zu wissen.

»Ja,« sagte die Mutter. Und ohne ihre Augen vom Licht des Baumes fortzuwenden, sang sie halblaut – sie allein –, während sie alle noch langsamer gingen:

Freude hat heute auf Erden
Der Himmelskönig gebracht.
Da wird der Ärmsten werden
Zur Weihnachtsfreud gedacht.

Nun tanze, Kind, auf Mutters Schoß,
Ein Freudentag erstand,
Jetzt führt in seiner Gnade groß
Der Heiland uns an der Hand.

Es war einen Augenblick still, und alle waren stehen geblieben. »Nun spielen wir,« sagte die Mutter. Und sie setzte Jens, den Kuhhirten, in Galopp, daß alle folgen mußten, während sie sang, und die Kinder fielen ein: »Um den Baum, da wird gesungen, und ein froher Reihn geschwungen.«

»Du meine Güte,« sagte die Mutter, »singt der Bengel falsch.« Der Älteste brüllte nur so zum Baum hinauf. Der Kleinste in der Kette fiel. »Auf,« sagte Tine. Aber der Kleinste weinte. »Tanzt nur weiter,« sagte die Mutter, und sie setzte sich und nahm den Kleinsten auf den Schoß.

Die Lichter brannten herab, und sie hörten auf zu tanzen. Die Leute trabten davon, und Tine fing an, die Kleinsten zu Bett zu bringen. Die Mutter saß noch immer auf demselben Fleck. Auf dem Fußboden, den Kopf an ihren Knien, lag der älteste Junge, während die Kerzen verlöschten, eine nach der andern, und der Glanz des Silbers matt wurde. »Mutter,« sagte er, »jetzt stirbt der Weihnachtsbaum.« »Ja, mein Junge,« sagte die Mutter, und ihre schöne Hand fiel von seinem Haar in ihren Schoß. »Jetzt stirbt er.«

Tine kam zurück. Noch brannten die letzten Lichte. »Bring ihn zu Bett,« sagte die Mutter. »Schlaf wohl,« sagte sie, und sie küßte den Jungen auf die Stirn. »Gute Nacht, Mutter.«

Die Mutter saß allein.

Die letzten Lichte flackten auf und erloschen. Der Baum war dunkel. Durch die Zimmer hörte man den Schritt des Vaters.

»Sind Sie hier, gnädige Frau?« sagte Tine, die zurückkam.

»Ich sitze hier.«

Sie schwiegen einen Augenblick. Dann sagte die Mutter: »Tine, nehmen Sie die Doppeltür fort.« Tine tat es. »Und machen Sie auf,« sagte die Mutter. Sie war aufgestanden und hatte sich einen Schal um die Schultern gelegt. Still trat sie hinaus auf die schneebedeckte Gartentreppe. Tine folgte ihr. Vor ihnen lag der Garten weiß und stumm. Die Mutter stand lange mit aufwärts gewandtem Gesicht und starrte zu den Sternen hinauf.

»Gnädige Frau,« sagte Tine, »wo ist der Stern von Bethlehem?«

Die Mutter antwortete nicht. Vielleicht hatte sie es nicht gehört. »Sehn Sie die Venus, Tine?« sagte sie dann. Und wieder standen sie schweigend da. Man hörte keinen Laut in dem weißen Garten. Die stillen Felder schliefen. Stumm wanderten die Sterne über ihnen.

Nach Weihnachten kam die Zeit, wo gelesen wurde.

Tine kam in der Dämmerung und bekam den Inhalt der Bücher erzählt.

Die Mutter saß vor dem Kachelofen, die weißen Hände um die Knie geschlungen, und erzählte und dichtete um. Es gab kein Buch, das in ihren Gedanken dasselbe Buch blieb.

Öhlenschläger war in solchem feierlichen, schwarzen Einband, und auf den Blättern waren so viele Zeichen. Die Mutter konnte die Tragödien fast auswendig, und doch las sie sie immer wieder. Wenn sie vom Buch aufsah, während die Kinder lauschten, schienen ihre Augen doppelt so groß geworden zu sein.

»Mutter, lies weiter,« sagte der älteste Junge.

»Sollen denn die Kinder nie ins Bett?« sagte der Vater und öffnete seine Tür.

»Ja, Fritz, gleich,« antwortete die Mutter und las weiter.

Ihre Stimme war sanft, wie traurige Liebkosungen, und in ihren Augen standen Tränen. Am liebsten las sie Thoras Worte, wo sie von Hakons Leiche Abschied nimmt.

Tine aber saß und schnaufte wie ein Seehund.

»Kommen die Kinder noch ins Bett?«

»Gleich, Fritz, gleich ...«

Und die Mutter las weiter.

Oft war es Christian Winther. Meistens »die Hirschflucht«. Ihre Stimme legte sich so weich um die Verse.

»Ach. Niemand liest wie die Frau,« sagte das Stubenmädchen. Sie hörte hinten in der Ecke beim Bücherschrank zu.

Schließlich riß dem Vater die Geduld, die Kinder mußten ins Bett.

Dann weinten sie und bekamen Zwetschen, damit sie artig mit dem Kindermädchen fortgingen.

Die Mutter aber begleitete Tine mit bloßem Kopf die Allee hinauf.

In klaren Nächten ging sie dort lange auf und ab. Sie liebte die Sterne so sehr. Lange Zeit konnte sie stehen und zählen, wie viele sie auf einer Stelle sehen konnte.

Tine stand daneben.

Sie fragte, wie die Sterne hießen.

Die Mutter aber hatte ihnen Namen nach ihren Freunden gegeben.

Der dort war ihrer Mutter Stern.

»Sehen Sie ihn?«

Und das war Alices Stern. »Sehen Sie ihn? Der sieht so traurig aus.«

Es gab so viele traurige Sterne, und die liebte sie am meisten.

»Stella!« rief der Vater vom Giebelfenster her. »Stella! Du erkältest dich.«

»Ich sehe mir nur die Sterne an,« sagte sie. Sie blieb einen Augenblick stehen und hatte ihr weißes Gesicht noch immer nach oben gerichtet. »Das ist Fritzens Stern,« sagte sie ganz leise. Und sie ging still hinein.

Aber in die Sterne zu starren war bei ihr fast eine Leidenschaft.

»Ich bin dann mit all meinen Freunden zusammen,« sagte sie. Zuweilen begleitete sie Tine bis zum Kirchhof, aber nie weiter. Denn sie fürchtete sich vor Gespenstern. Sie glaubte steif und fest an Gespenster, und daß es zu Hause im blauen Zimmer spukte, war bombensicher.

Sie bekräftigte es mit einem Kopfnicken.

»Fritz weiß es auch,« sagte sie.

In dem blauen Zimmer spukte eine weiße Dame, und wenn sie sich sehen ließ, mußte jemand sterben.

Die Mutter hatte sie einmal gesehen, und da war der alte Postmeister gestorben.

Außerdem wußte sie viele Spukgeschichten und erzählte sie im Dämmern, daß es die Kinder gruselte.

Am liebsten erzählte sie die von Aaholm, denn von der wußte sie, daß sie wahr sei, sie war einer ihrer Tanten passiert.

»Auf Aaholm hatte es schon immer gespukt,« sagte die Mutter, »diesmal aber war es ganz sicher, denn Olivia saß und frisierte sich zum Ball, als sie plötzlich eine Dame aus der Wand heraustreten sieht – leibhaftig – sie sah sie im Spiegel. In grauem Seidenkleid mit großen Rosensträußen kam sie auf Olivia zu und stellte sich hinter ihren Stuhl – –

Olivia aber fuhr auf, stürzte auf den Gang hinaus und schrie, schrie – – Ein Glück war es aber, daß die Dame sie nicht bei der Hand gefaßt hatte. Denn das war doch einer Gesellschafterin passiert ... und die kam auf den Gang hinausgelaufen, die Treppe hinauf, zur Gräfin hinein, und rief: ›Eine Dame kam aus der Wand heraus, ging gerade auf mich zu und faßte mich bei der Hand – – und drehte mich herum‹ ...

Und da im selben Augenblick wurde die Gesellschafterin verrückt ...

Es war nichts zu machen, sie war und blieb verrückt!«

Erzählte die Mutter.

Und sie fügte hinzu, schließlich habe der Graf zu Aaholm jene Stelle in der Mauer niederreißen lassen, und in einem geheimen Raum habe man ein Skelett gefunden.

»Natürlich war sie ermordet worden,« sagte die Mutter.

Trotzdem sei es mit den Gespenstern eine eigene Sache. Vorbedeutungen dagegen, das sei etwas Tatsächliches. Und Hunde und Eulen wüßten mehr als Menschen.

Niemals schrien die Eulen am Kirchturm, wenn nicht in der Gemeinde bald jemand starb.

»Das weiß der Küster auch,« sagte die Mutter und nickte.

An Winternachmittagen ging die Mutter mit den Kindern auf Besuch. Alle Kinder plauderten, während sie die Allee hinaufschritten und die Mutter umringten wie ein Schwarm junger Vögel.

Oben, am Ende der Allee, wohnte der Dorfschulze. Schmuck und sauber und weiß, breit und groß lag der Hof da, mitten im weißen Felde, abgeschlossen durch ein grüngestrichenes Tor.

Manchmal gingen sie zu Dorfschulzens hinein. Die Frau des Dorfschulzen ging sofort in die Küche.

Sie sagte Guten Tag mit einer Stimme, die man nicht hörte, streckte einem eine feuchte Hand entgegen, die man nicht zu fassen bekam, und ging in die Küche, um fürs Essen zu sorgen. Man war noch keine zehn Minuten beim Dorfschulzen, so strotzte der Tisch von Eßwaren. Immer gabs Rippspeer und rote Beten und Sülze. Die Brotscheiden waren so groß wie Landkarten.

Der Dorfschulze war ein dicker Mann, der zur Kirche und zum Markt in Augustenburg einen Rock anhatte, sonst aber in Hemdsärmeln einherging. Er sagte nie etwas, lachte aber immer, daß es seinen ganzen Körper nur so schüttelte.

Die Mutter setzte sich verzweifelt zur Sülze nieder.

Kam sie aber von einem Besuch bei Dorfschulzens nach Hause, so mußte sie immer ein Glas Rotwein haben, um damit das Fett hinunterzuspülen.

Jahre waren verstrichen, bei Dorfschulzens blieb immer alles beim alten. Die Frau ging nach ihrem Guten Tag in die Küche, und in dem Mann fing es an zu glucksen, daß die ganze kleine Stube bebte, sobald er nur Mutters Gesicht erblickte.

Eines Tages aber, es war in der Dämmerung, schleppte sich etwas wie ein schweres Bündel in unsere Wohnstube hinein. Und das Bündel – nichts als Tücher, darüber ein großer Schal und wieder ein kleiner Schal – kam nicht weiter als bis zum Stuhl neben dem Bücherschrank, aber dort sank es nieder, wie ein schweres Federbett niedersinkt, und das Bündel weinte, weinte, weinte.

Aus all den Kleidern heraus kam das Weinen, still und ununterbrochen.

Dies Bündel war des Dorfschulzen Weib – ihr Sohn war durch einen Fehlschuß umgekommen.

Die Mutter kniete nieder und versuchte, bis zur Frau zu dringen – durch all die Tücher hindurch, um sie zu trösten.

Das Bündel aber weinte nur und weinte und sagte:

»Ich muß mit dem Pastor sprechen.«

»Ja, ja, Madam Hansen, ja, ja, Madam Hansen ...«

»Ich muß mit dem Pastor sprechen.«

Und das Bündel ging, leise vor sich hinjammernd, schwerfällig, als sei es ohne Leben, durch das Zimmer zum Pfarrer hinein.

»Wie sie weinte,« sagte die Mutter, »wie sie weinte – hätte man ihr nur die Tücher abnehmen können.«

Als ob sie das diesem Kummer nähergebracht hätte.

... Die Mutter und der älteste Junge wollten hin, um Dorfschulzens Sohn zu sehen.

In dem Hause war förmlich kein Laut zu hören. Der Hund bellte nicht, und das Federvieh war eingesperrt.

Der Dorfschulze empfing die Mutter und den Jungen in der Tür. Er hatte einen schwarzen Rock an und seufzte. Er sprach kein Wort, während die Mutter und der Junge still durch die Stuben schritten, wo alle Türen offen standen.

Im Saal stand der Sarg.

Dort war so ein gelbes Licht, wie es entsteht, wenn die Fenster mit Laken verhängt sind.

Der Dorfschulze nahm das Tuch vom Antlitz des Toten.

Da lag der Sohn, still.

Daheim, in der Leutestube, hatten sie gesagt, durch Andres Niels seien viele Mädels ins Elend gekommen.

Denn er hätte so einen weibischen Mund, hatte der Großknecht gesagt. Kein Mädel könnte da widerstehen. – Und ein Paar Beine, sie kriegten ihre Augen nicht los davon ...

Jetzt aber lag er still. Es war, als sei gar kein Ausdruck in seinem Gesicht – nur Kälte.

Der Dorfschulze ging umher und murmelte einige Bibelstellen vor sich hin, die er von seiner Konfirmation her wußte.

Die Mutter sah lange in das Gesicht des Toten. Dann deckte sie selber das Tuch darüber. Es lag so hoch über der großen, geraden

Nase. Die Frau des Dorfschulzen war nicht im Zimmer gewesen. Sie wirtschaftete auf schwarzen Socken in ihrer Küche umher.

Als die Mutter und der Junge in die vorderste Stube kamen, war der Tisch gedeckt. Er stand voll allerlei Eßwaren.

Die Frau ging umher und bot uns an.

Die Tür zur stillen Leichenstube stand offen.

Der Dorfschulze aß bedächtig ein Stück nach dem andern. Er mußte viel essen während der Trauertage.

Gesprochen wurde nicht.

Der Junge bekam Johannisbeerpunsch und trank das ganze Glas aus – denn die Mutter sah es nicht –, so daß ihm ganz schwindlig wurde.

Sie saßen lange bei Tisch. Die Frau des Dorfschulzen hatte sich neben die Tür gesetzt. Sie hatte kein Wort gesprochen.

Als aber die Mutter gehen wollte und sich der Frau näherte, um ihr Lebewohl zu sagen, spürte sie, wie die Ärmste am ganzen Körper zitterte.

Sie blickte zu Boden, und als sie zu sprechen versuchte, bekam sie die Worte beinahe nicht heraus ...

Es sei so viel, sagte sie nur immer ... aber sie möchte bitten, ob die Frau nicht etwas singen wolle ... an der Leiche etwas singen.

Die Mutter antwortete nicht, sie legte nur still ihr Zeug wieder ab, und sie gingen alle vier hinein – durch die Wohnstube, durch die Mittelstube in das gelbe Licht hinein.

Der Schulze brachte ein großes Gesangbuch herbei.

Die Mutter aber sang in die Luft hinaus, und ohne den toten Sohn anzusehen:

> Wenn ich bedenke recht den Tod,
> Daß ich von hinnen scheide,
> Wie's Vöglein froh das Morgenrot,
> Begrüß ich ihn mit Freude.

O milder Tag,
Wo Streit und Plag
Wird selig gehn zu Ende.
In Jesu Schoß
Mit Wonne groß
Falt ich die müden Hände.

Die Eltern regten sich nicht. Die Mutter allein sang. Der Junge
stand und sah sie an. Sie war ganz weiß im Gesicht.

Diese einsame Stimme klang so seltsam dort über dem fremden
Toten.

Eia, mein Herz, sei stark und hold
In Christus, deinem Herrn:
Den Tod, der Sünde bittern Sold,
Empfängst du jetzo gern.
Denn jede Wund,
Sie ist jetzund
Die Tür zum Himmelreiche.
Der Tod ein Ruhn
Nach schwerem Tun,
Daß jeder Kummer weiche.

Für einen Augenblick war alles still.

Dann legte die Frau das Tuch über des Toten Antlitz. Der Junge
hörte die Mutter nicht einmal Lebewohl sagen.

Der Dorfschulze ging mit ihnen über den Hof. Er schloß das Tor
auf und wieder zu.

Die Mutter und der Junge schritten auf den Weg hinaus. Die Mutter sprach nicht.

»Mutter,« sagte der Junge, »dein Gesicht war so weiß.«

»Komm jetzt,« sagte die Mutter.

Als sie nach Hause kamen, war die Mutter schweigsam und fröstelte. Beim Abendtisch wurde fast nichts gesprochen.

»Fritz,« sagte die Mutter plötzlich, »der Mensch hat keine Seele gehabt.«

»Stella!«

»Nein.«

Die Mutter schwieg einen Augenblick.

»Er hat nur Blut gehabt ... und jetzt ist es kalt geworden.«

Der Vater antwortete nicht.

Die Mutter saß einen Augenblick still.

»Die Menschen müßten immer alt werden, ehe sie stürben,« sagte sie.

»Stella, wie du redest.«

»Ja, es ist wahr. Denn dann haben die Leiden ihnen immer eine Art Seele gegeben.«

Sie schwieg einen Augenblick: »Die Jugend hat nur Blut.« Es war, als befände sich die Mutter in einem inneren Aufruhr: »Ich kann dies Gesicht nicht vergessen, in dem Nichts war. – –«

Die ganze Insel fand sich ein bei der Beerdigung ...

Hatte man aber den Hof des Dorfschulzen hinter sich, dann lagen da hinter den Zäunen die kleinen Kätnerhäuser. Ihre Fensterrahmen waren grüngestrichen, und ihre Türen waren grün, sie selbst aber lagen weiß mitten im Schnee.

Die Mutter nickte in jedes Fenster hinein, und die Kinder nickten auch, und der älteste Knabe lief in jeden Schneehaufen hinein, der am Wege aufgeworfen war.

»Wie der Bengel läuft,« sagte die Mutter.

Im äußersten Hause wohnte Elsbeth. Sie war die Älteste im Dorf. Sie war sicher hundert Jahre alt. Es war so still in der Stube, daß es den Kindern schien, als wage nicht einmal die Katze zu schnurren. Oder vielleicht hatte sie es verlernt. Denn auch sie war alt und lag neben dem Bette. Wenn sie aber ihre graugelben Augen ab und zu öffnete, dann glaubte man, daß sie mancherlei wußte.

In früheren Zeiten hatte Elsbeth gesponnen – gesponnen, gesponnen.

Jetzt aber war der Rocken beiseite gestellt worden.

Er stand am Fenster. Wie eine Uhr, die nicht mehr geht.

Elsbeth nickte der Mutter zu, wenn diese eintrat.

Die Stimme rang sich mühsam, tief aus der Brust hervor.

»Ja, ich sitze hier,« sagte sie.

»Da sitzen Sie ja gut, Elsbeth,« sagte die Mutter.

Die Katze regte sich leise, und die Mutter warf ihr einen verstohlenen Blick zu, denn sie fürchtete sich vor der Katze: sie mochte keinen Besuch, sie wollte, Elsbeth und sie sollten allein sein.

»Ja, man sitzt und wartet,« sagte Elsbeth. »Erst lebt man, und dann denkt man zurück, und dann zuletzt sitzt man nur und wartet.«

»Alte Leute werden klug,« sagte die Mutter.

»Ja. Aber es nützt ihnen nichts, Madam, und den andern auch nicht. Denn Blut ist Blut, das will sieden, bis es matt oder kalt wird.«

Elsbeth schaute den ältesten Jungen an – sie hatte so klare Augen, aber sie lagen tief im Kopf –:

»Der wird auch einmal Blut genug haben,« sagte sie. »Blut genug und Tränen genug, das bekommt man zur selben Zeit.«

»Was sagt sie?« fragte der Junge.

Aber die Mutter antwortete nicht.

Elsbeth schwieg eine Weile, während die Katze die Augen geöffnet hatte.

»Dann kommt die Zeit der Muttersorge, aber auch die geht vorüber.«

»Was sagt sie?« fragte der Junge.

»Es gibt Mütter, welche sterben, wenn ihre Kinder klein sind,« sagte die Mutter.

»Ihnen ist wohl,« erwiderte Elsbeth. Es war still in der Stube. Auch die Uhr stand still. Elsbeth zog sie nicht mehr auf.

Die Nachbarsfrau kam, wenn es Zeit war – nach der Sonne –, half Elsbeth beim Aufstehen und brachte Elsbeth zu Bett.

»Zuletzt denkt man nur, was das Ganze eigentlich soll.«

»Was meinen Sie, Elsbeth?«

»Ja, Madam. Gott ist zu groß, und er kann sich auch nicht mit uns abgeben.«

»Das wissen wir nicht, Elsbeth,« sagte die Mutter.

»Doch, Madam. Denn wir sind zu klein, und er hat nicht die Zeit, sich mit uns abzugeben.«

Elsbeth schwieg, und die Mutter erhob sich mit ihren Kindern.

»Adieu, Elsbeth,« sagte die Mutter, »hier stelle ich den Fliederbeersaft hin.«

»Leben Sie wohl,« erwiderte Elsbeth.

Aber draußen auf der Landstraße war die Mutter schweigsam.

»Was hat sie alles gesagt?« fragte der Junge.

»Sie sprach von dir,« antwortete die Mutter. Und sie schwieg wieder.

Aber wenn der älteste Junge allein draußen war, ging er, so oft er an Elsbeths Haus kam, immer auf die andere Seite des Weges hinüber. Es war, als hätte er Angst.

Ging man nun weiter auf dem Wege zu Küsters, so kam man zu Madam Jespersen.

Ihr Haus lag auf einem Erdwall, und man mußte eine Stiege hinaufklettern, die nur ein Geländer hatte. Die Diele war mit Sand bestreut, und es roch nach Jungfräulichkeit und Lavendel.

Madam Jespersen saß auf einem Fenstertritt und strickte Schutzdecken. Da hatte sie gesessen, so lange man denken konnte. Die Schutzdecken, die sie strickte, lagen weißschimmernd auf jedem Möbel und auf jedem Stuhl.

Hatten die Kinder sich gesetzt und standen sie dann wieder auf, so ging ein jedes von ihnen davon mit einer Decke, die an einem selten genannten Körperteil festgeklebt war.

»Junge, Junge,« sagte die Mutter zu dem Ältesten und brachte die Decke wieder auf ihren Platz. Alle Stuhlkissen waren von Fräulein Helene auf Kanevas gestickt. Fräulein Helene stickte immer Sterne in vielen Farben auf verschiedenem Grunde.

Madam Jespersen sprach Holsteinisch – denn daher stammte sie – und war früher Kammerzofe bei den Rantzaus gewesen. Niemand wußte, wie sie hierher, gerade in diesen Winkel verschlagen war.

Sie war immer in Moiree und füllte einen ganzen Mahagonilehnstuhl mit breiten Lehnen aus. Auf dem Kopf trug sie eine turmhohe Haube – die Kinder glaubten, sie schliefe damit. An den Handgelenken hatte sie Armbänder aus Bernstein.

Sie verließ ihren Tritt nur, wenn sie in die Kirche ging. Dann trug sie eine Moireemantille und darüber einen gestrickten Schal.

Wenn der Kaffee auf den Tisch sollte, mußte Fräulein Helene immer viele Muster beiseite räumen. Es waren Muster aus grauem Packpapier zu ihrer nie vollständigen Garderobe. Sie war zweimal im Jahr in Flensburg und kehrte zurück, den Kopf voller Modelle zu Kleidertaillen, die sie im folgenden Halbjahre beschäftigten.

An Stoffen bevorzugte sie die schottischen Muster.

Sie veränderte aber nur die Taillen. Die Röcke blieben ungefähr dieselben. Nur dann und wann wurden sie mit Garnierungen versehen.

Die Kuchen zum Kaffee wurden aus einem Kasten hervorgeholt, der unter Madam Jespersens Bett stand. Madam Jespersens Bett war hoch wie ein Berg.

»Ach ja, man muß geduldig sein,« sagte Madam Jespersen und ließ die Hände sinken. Sie hatte sie einst vor Zeiten mit vielen Kammerzofenringen geschmückt, die jetzt im Fett der kurzen Finger verschwunden waren.

Jungfer Helene huschte hin und her und schwatzte.

Jungfer Stine steckte nur ein knochiges Gesicht zur Tür herein zum Guten Tag. Sie mußte in ihrer Nähschule bleiben.

»Sie können doch eine Minute da bleiben,« sagte die Mutter, »lassen Sie doch die Mädels nähen.«

Aber Jungfer Stine war schon wieder draußen in einer Stube hinten am Flur, wo sieben kleine Mädchen mit Mäuseschwänzen und zusammengekniffenem Munde Weißnähen lernten.

Jungfer Stine war lang wie eine Mannsperson und sehnig wie ein alter Gaul.

Sie hatte eine Buchstabierschule vormittags und eine Nähschule nachmittags. Sie bekam in der Nähschule im Monat pro Kopf eine Mark.

»Ach ja,« sagte Madam Jespersen, »die Stine gönnt sich keine Ruhe. Aber man muß geduldig sein.«

Jungfer Helene legte die Kuchen auf eine kleine Porzellanschüssel, mit sechzehn kleinen Handbewegungen bei jedem Kuchen.

Sie lief in der Küche aus und ein, um den Kaffee zu besorgen, während sie in einem fort schwatzte. Jungfer Helene schwatzte das ganze Jahr unaufhörlich, ohne daß eine Menschenseele am einunddreißigsten Dezember gewußt hätte, was sie gesagt.

»Die Kleine schwärmt,« sagte Madam Jespersen.

War der Kaffee auf dem Tisch, kam Jungfer Stine auf einen Sprung herein und setzte sich neben die Tür auf einen der drei Mahagonistühle mit richtigen Sitzen – die anderen Sitzgegenstände waren wackeliger und hatten einen geflochtenen Rücken – denn sie setzte sich hart nieder und mußte etwas unter sich haben.

Sie schlang den Kaffee hinunter und war wieder draußen.

Von der Kuchenschüssel waren immer einige Kränze verschwunden. Die verteilte sie zur Belohnung in der Nähschule. Das Stehlen war sonst durchaus nicht Fräulein Stines Sache, aber von den Kuchen stahl sie in unbewachten Augenblicken. Konnte sie es nicht, so kaufte sie Zuckerkringel im Krug.

Die Mauseschwänze bekamen sie. Eine war doch immer mit einem Wäschestück fertig.

Wenn die Mutter in den Gang hinaus kam, beim Fortgehen, steckte Jungfer Stine ihren Kopf aus der Schulstubentür – es kam eine laue Stickluft aus dem kleinen, weißgetünchten Loch heraus –, sie mußte der Mutter immer einen Kuß zum Abschied geben. Sie war der einzige erwachsene Mensch, den sie küßte.

Der älteste Junge stolperte über sämtliche vierzehn Holzpantoffel auf der Diele:

»Wie ungeschickt der Junge ist,« sagte die Mutter, »er lernt es nie, sich zu benehmen.«

Jungfer Stine blieb in der Haustür stehen und nickte, Jungfer Helene aber bog mit einer zierlichen Hand die Blumen am Stubenfenster zur Seite und lächelte nur.

»Mutter,« sagte der älteste Junge, wenn sie wieder auf der Landstraße waren, »Jungfer Stine hat Augenbrauen wie Kutscher Lars.«

Jungfer Stine hatte Augenbrauen wie eine Mannsperson über ein Paar Jungmädchenaugen.

Die Mutter liebte es, ihren ältesten Sprößling schwatzen zu hören. Er sprach ganz wie sie, mit denselben Ausdrücken, in der gleichen Wortstellung, mit einer altklugen Wichtigkeit, die wie Weisheit wirkte. Und immer guckte sein Kopf, der zu groß für seinen Körper war, neben Mutters Kleiderrock hervor.

Wenn sie von einer Kindergesellschaft nach Hause kamen, wollte die Mutter immer einen Bericht über das Fest haben.

Sie setzte sich in ihren Lieblingsstuhl mitten in der Wohnstube, als setze sie sich an einen gedeckten Tisch.

»So,« sagte sie, »nun laßt hören.«

Alle Kinder redeten durcheinander.

»Der Junge zuerst,« sagte die Mutter.

Und der Junge sprang in seiner Samtbluse umher und imitierte alle, Knaben und Mädchen, in Stimmen und Gebärden, daß die Mutter sich in ihrem Stuhl vor Lachen krümmte.

»Und was dann? Und was dann?«

Der Junge fuhr fort. Er konnte die ganze Gesellschaft auswendig. Er machte alle nach und sprang umher wie ein Verrückter. Schließlich sagte die Mutter:

»Was habt ihr bekommen?«

Und die Kinder schrien die Gerichte durcheinander.

Über das Essen auf Gesellschaften lachte die Mutter am meisten.

»Essen lernen sie hierzulande nie,« sagte sie. »Herr Jesus, was setzen sie einem alles vor.«

Bei den Kindergesellschaften gab es ja ein für allemal nur Butterbrot und Mandelpudding.

Schließlich öffnete der Vater die Tür seiner Stube:

»Stella, du verdirbst den Jungen ganz,« sagte er. »Kinder dürfen doch nicht schon kritisieren, wenn sie noch in der Wiege liegen!«

»Ich kann den Jungen doch nicht am Sehen hindern, Fritz.«

Und des Vaters Tür schloß sich wieder.

Des Vaters Tür war fast immer geschlossen, und die Kinder wußten kaum, wie es hinter der Tür aussah. Denn sie kamen so selten hinein, und drinnen war es dunkel. Die Stube lag nach Norden, niemals schien die Sonne hinein. Die Möbel waren aus dunklem Mahagoni.

Der Vater wanderte fast immer in seiner Stube auf und ab.

»Wer ist da?« sagte er, wenn jemand hereintrat, und schrak leicht zusammen.

»Ich bin es,« antwortete eins der Kinder, das gekommen war, um ein Buch zu holen.

Und der Vater wanderte weiter in seinem Zimmer auf und ab, zwischen seinen vier Wänden.

Er hatte es gern heiß im Zimmer und hatte doch immer weiße Hände vor Kälte.

Beim Mittagstisch, wenn eins der Kinder sprach, konnte er sich plötzlich von seinen Gedanken losreißen – er saß immer hinter einer Flasche seinem Rotwein mit rotem Siegellack:

»Gott weiß, wie die Kinder erzogen werden,« sagte er.

»Lieber Fritz,« erwiderte die Mutter, »wie soll man Kinder auf dem Lande erziehen.«

»Wie Kinder,« sagte der Vater und versank wieder in Gedanken.

Er war immer blaß im Gesicht, und sein Bart fing an grau zu werden.

Die Mutter aber sagte zu Lehrers Tine:

»Liebes Kind, Kinder sind Kinder, was sie hier nicht hören, das hören sie in der Gesindestube.«

Das war wirklich wahr. Die frohesten Stunden der Kinder waren die Stunden in der Gesindestube. Dort war es so siedendheiß, daß sie puterrote Köpfe bekamen, während sie in den Ecken saßen und zuhörten. Es war da stets eine große Versammlung aus dem ganzen Dorf, weil nie jemand nachzählte, wieviel Bier in die Krüge geschenkt wurde.

Das Küchenmädchen lief immer wieder ab und zu auf ihren schwarzen Socken und schenkte ein.

Es war wie in einem Wirtshause.

Lars, der Großknecht, saß am Tischende und hatte den Vorsitz. Die Tagelöhner garnierten die Wände. Maren, das Waschmädchen, stand an der Tür und grinste.

Es gab keinen Klatsch im ganzen Dorf, der nicht durch die Gesindestube ging.

Die Mutter machte zuweilen die Tür auf:

»Na, Kinder, gibt's was Neues?«

Und sie setzte sich selbst an den Kachelofen. Dann führte nur Lars, der Großknecht, das Wort, während die Tagelöhner dasaßen und auf ihre Krüge schielten.

Lars war da gewesen, so lange man denken konnte. Alle Dienstboten blieben unendliche Jahre im Hause. Die Mutter klagte beständig beim Vater über ihr Betragen. Der Vater sagte:

»So laß sie doch gehen.«

Die Mutter schlug hilflos die Augen zur Decke auf: »Aber sie wollen ja nicht,« sagte sie.

Und sie blieben.

Das Stubenmädchen litt an Kopfschmerzen. Sie band sich Handtücher um den Kopf, daß sie wie ein Schwerverwundeter aussah, und ging jammernd aus und ein. Das Mittel gegen ihr Übel war ein unaufhaltsamer Kaffeestrom, und sie tat nicht die geringste Arbeit.

»Ich finde Hannes Besen überall,« sagte die Mutter.

Die Besen standen verlassen.

Hanne selber sank in der Wohnstube beim Bücherschrank nieder und jammerte: »Ich habe es Marie gesagt, sie setzt den Kaffee auf.«

»Das ist recht,« antwortete die Mutter.

»Will die Frau nicht auch eine Tasse haben?« jammerte Hanne.

»Ja danke, wenn welcher da ist,« sagte die Mutter.

Die Hausmamsell saß am Fenster und stickte. Sie war eine sehr lange, apathische Person, die stets beleidigt tat, um einen Vorwand zum Nichtstun zu haben.

Die Mutter ärgerte sich wütend über sie und fragte sie jeden Tag, ob sie nicht mit dem Wagen nach Sonderburg fahren wolle.

»Gott,« sagte sie, »dann bin ich sie wenigstens so lange los.«

Sie ließ die Hände in den Schoß sinken.

»Alle meine Hausmamsellen werden so vornehm, daß sie nur sticken können.«

Für das jüngste Kind hatte man eine Amme genommen. Diese Amme führte den Namen Rose, und es zeigte sich, daß sie auf der ganzen Insel berüchtigt war.

Als sie nicht mehr Ammendienste tat, ging sie zu einer unbestimmbaren Stellung über, denn Kindermädchen waren schon im Hause.

Der Vater machte der Mutter viele Vorstellungen, um sie aus dem Hause zu bekommen.

»Lieber Freund,« sagte die Mutter, »willst du mir sagen, wie ich sie los werden soll? – Sie sitzt ja auch nur im Fremdenzimmer und näht. Dort tut sie ja keinen Schaden.«

Und Rose blieb da sitzen.

Überhaupt, wenn von den Dienstboten die Rede war, sagte die Mutter:

»Ja, Fritz, wenn du dich mal der Sache annehmen wolltest, würdest du schon sehen.«

Der Vater war viel zu müde, um sich der Sache anzunehmen.

Ausgenommen einmal.

Der älteste Junge ging durch die Stube und sagte zu Hanne, dem Stubenmädchen:

»Mach die Tür zu.«

Er wußte nicht, daß Vaters Tür offen war. Der Vater erschien sofort in seiner Tür, kreideweiß.

»Hanne, wollen Sie so freundlich sein, die anderen zu rufen,« sagte er.

Die Dienstboten versammelten sich, während der Junge zitterte und der Vater wartete. Als alle beisammen waren, gab der Vater ohne jede Zeremonie seinem ältesten Sprößling eine Ohrfeige.

»Willst du nun vielleicht Hanne um Verzeihung bitten und zu ihr sagen:

›Hanne, wollen Sie so gut sein und die Tür zumachen‹.«

Der Knabe tat es mit einer von Tränen erstickten Stimme, worauf das Gesinde fortgeschickt wurde.

Eine gewisse Höflichkeit gegen Untergeordnete ging ihnen von diesem Tage an in Fleisch und Blut über – denn keins von den Kindern konnte sich je erinnern, daß der Vater es bestraft hatte.

»Es ist ohnehin ein hartes Los, in dienender Stellung zu sein,« sagte der Vater.

Vielleicht machten sich die Kinder über das harte Los im stillen allerlei kritische Gedanken, denn hier zu Hause regierte niemand, außer denen, die dienten.

Lehrers Tine, die die gesunde Vernunft selber war, sagte, wenn die Mutter klagte:

»Um Gottes willen, nicht wechseln, es ist noch immer besser, in den Händen der alten zu sein.« –

»Kommen Sie,« sagte die Mutter zu ihr, »wir wollen ein wenig hinausgehen.«

Sie nahmen ein paar Tücher um und gingen durch die Pforte in den Garten, nach dem eisbedeckten Teich hinunter. Am Ufer lag der Schnee zwischen dem halbverwelkten Grase. Draußen hinter den Pappeln erstreckten sich die weiten Wiesen.

Plötzlich wurde die Mutter traurig, und ihre schöne Stimme klang wie eine Klage.

»Wie war es schön hier im Sommer!«

Lange und wehmütig schaute sie über Eis und Schnee der Wiesen hin, sie, die den lauen Wind und die Sonne liebte.

Sie starrte das Gartenhaus mit den weißen Säulen an. Zu ihrem Geburtstag im Juni waren die Säulen immer mit Kränzen umwunden.

»Ich werde nicht mehr viele Sommer erleben,« sagte sie.

»Unsinn,« antwortete Tine.

Die Mutter aber starrte noch immer von ihrem Gartenhause zu den eisbedeckten Wiesen hinüber.

»Nein,« sagte sie und fing an zu weinen, sie, die das lichte Leben liebte.

> Mutter, du beugtest dein Haupt,
> als der Schmerz kam,
> und schlossest dein Auge,
> als die Dämmerung hereinbrach
> für dich und für uns alle –
> Mutter – du –

Es werden noch immer Rosen,
Rosen und Blumen
um die weißen Säulen geschlungen –
Rosen, Blumen, Mutter,
für die andern.

Aber du konntest
im Winter nicht leben;
nicht, wenn die Erde,
nicht, wenn das Herz erstarrt.
Du gingst.

Und doch und doch
blühen die glühenden Rosen –
Rosen, Rosen
blühen doch für die andern.

Ging man von Jespersens noch ein kleines Stück weiter, so bog die Straße zum Kirchplatz ab.

Dort lag der Krug, weiß wie die Kirche, sein Nachbar. Nur war die Krugtür grün, während das Kirchenportal schwarz war.

Links lag die Schmiede. Sie war so merkwürdig viereckig und hatte eine schwarze Kappe auf als Dach. Drinnen in der Schmiede aber waren Nacht und Flammen.

Der älteste Junge schlich Sonntags oft nach der Schmiede hinüber. Dann war es dort so still und friedlich, die Wände waren Wände wie alle andern, und die Tür war nur eine Tür und die Steine Steine, während der Schmied selber nun zu einem weißen, richtigen Manne geworden war, der heiter und breit draußen vor dem Wirtshause saß.

Er saß da und sah sich die Leute an, die zur Kirche gingen.

Kam aber der Montag, dann war die Schmiede wieder voll von schwarzer Nacht und rotem Feuer. Und nie hätte der Knabe es gewagt, dort hinein zu gehen, dort, wo, wie sie erzählten, der Schmied

wie ein großer schwarzer Schatten zwischen den schwarzen Spuk-
gestalten der Blasebälge umherging.

Rechts kam man nach der Schule. Sie lehnte sich gleichsam
freundlich an die Kirche an, stützte sich auf sie und was ihr ange-
hörte.

Die Treppe zur Schule war mit Sand bestreut. Die Haustür ging
so weich in ihren Angeln, und gleich im Flur schon glänzte alles.
Wände, Fußboden, Decke glänzten. Niemand verstand es, grüne
Seife unter seinen Händen so zum Glänzen zu bringen wie Küsters
Tine.

Rechts lag die Schulstube. Sie war von einem ewigen Gesumm er-
füllt. Die Kinder saßen in Reihen über ABC und Katechismus, Knaben und Mädchen, jedes auf seiner Seite, wie die Mannsleute und
Frauenzimmer in der Kirche. Sie schwitzten und rochen über all
dem Wissen. Der alte Küster rauchte eine Pfeife mit starkem Tabak
und schwitzte mit. Er schwitzte immer, und immer hielt er den
Kachelofen glühend.

Wenn die Mutter auf den Flur kam, klinkte sie die Schulstubentür
auf:

»Guten Tag, Küster,« sagte sie. »Bei Ihnen ist es warm.«

»Guten Tag, guten Tag,« antwortete der Küster. Die Kinder aber
flogen auf ihren roten und schwarzen Strümpfen in die Höhe.

»Ja,« sagte der Küster, »die vielen Körper machen warm.«

Die Mutter machte die Tür zu. Drüben auf dem Flur hatte Tine sie
schon gehört und die Stubentür aufgemacht.

»Nein, aber kommen Sie doch herein, hier ist es schön warm.«

In der Schule war es immer warm.

»Gott bewahre, ist das stickig in der Schule,« sagte die Mutter
und versank in einem Sessel. Nirgends versank man so in einem
Sessel wie bei Küsters. Die Stühle waren so breit, mit weitge-
schweiften Armlehnen, als ständen sie nur da und sehnten sich
nach guten Freunden.

»Das sind die Kinder,« sagte Tine.

Zu Hause behauptete die Mutter, der alte Küster sei mit dran schuld.

Drinnen in den Stuben aber duftete es nach Räucherkerzen, getrockneten Rosenblättern und Reinlichkeit.

Die Küstersfrau erschien in der Küchentür.

»Ach, daß Sie endlich mal gekommen sind,« sagte sie und knixte.

»Ach, du lieber Gott, wir kommen ja sechzehnmal die Woche her.«

Die Mutter war bereits draußen in der Küche. Sie mußte sie sehen. Küsters Küche war ihre Wonne und ihr Staunen. So viel Kupfergeschirr, und wie das glänzen konnte – Pfannen und Kessel und Töpfe die Wände entlang. Die Kaffeekanne hatte einen Bauch und stand immer auf dem Feuer.

»Sie kommt wohl nie von den Torfkohlen,« sagte die Mutter.

»Ach nein,« entgegnete die Küstersfrau, »es kommt ja so oft Besuch – Gottlob ... man kennt so viele Leute.«

Die ganze Gegend kam zu Besuch. Alle machten halt vor der Tür und guckten herein.

»Man muß hinauf,« sagte die Mutter, »es ist, als werde man immer erwartet. Und Küsters wissen immer was Neues – aber sie klatschen nicht.«

Die Kinder waren glücklich aus dem Zeug heraus und spielten schon in der großen Stube Kriegen. Kein Raum war so geeignet zum Kriegenspielen. Denn er war geräumig wie ein Saal, und alle Stühle standen so dicht an den Wänden und versperrten den Weg nicht.

»Liebe Kinder,« sagte die Mutter zu Hause, »ich weiß nicht, aber Küsters Möbel haben so was freundliches an sich.«

Tine holte die Tassen hervor, und Tine kommandierte das Spiel.

»So, da purzelt der Junge wieder hin!« sagte die Mutter.

»Auf, auf,« rief Tine.

»Tine, was machen Sie mit Ihrem Tischzeug?« fragte die Mutter, die wieder in der Stube und in einem andern Sessel versunken war. Bei Küsters wechselte sie oft ihren Sitz.

»Ich bekomme meins nie so weiß,« sagte die Mutter und schüttelte verzweifelt den Kopf.

Ihr eigenes war ganz genau so weiß, Küsters Tischzeug kam ihr aber immer weißer vor. Alles erschien ihr am weißesten und schönsten bei Lehrers – mit Ausnahme der Betten. Es waren die höchsten im ganzen Dorf.

»Daß sie in diesen Bergen liegen können,« sagte sie, wenn sie nach Hause kam.

Die Betten waren tatsächlich Berge, ein Federbett über dem andern, mit roten Bezügen und selbstgewebten Laken. »Ich würde ersticken,« sagte die Mutter.

Die Betten waren der Stolz der Frau Küster. Sie zeigte stets ihre Brautlaken. Die hatte sie gewebt, als sie noch Mädchen war, und sie waren über Tines Taufwiege gebreitet gewesen.

»Das ist eine eigene Sache,« sagte die Küstersfrau und liebkoste die Laken, »mit der eignen Hände Arbeit.«

Jetzt war sie beim Waffeleisen. Die Mutter spürte schon den Duft.

»Gibt's Waffeln?« sagte sie.

Die Mutter zog immer so etwas mit den Schultern, leise und ein wenig hastig, wenn sie sich auf Essen freute.

»Ach, das ist schön!« sagte sie.

Die ersten Waffeln kamen herein, und der Kaffee dampfte. Die Mutter setzte sich mit einem Plumps auf das Roßhaarsofa, gerade unter das Bild von König Friedrich VII. Er hing dort zwischen seinen zwei rechtmäßigen Gemahlinnen.

Die Kinder wurden ringsum auf die Stühle plaziert. Am Kaffee verbrannten sie sich und wandten kein Auge von den Waffeln.

»Passe auf deine Tasse,« rief die Mutter dem ältesten Knaben zu.

»Jesses, lassen Sie ihn doch,« sagte Tine.

Die Mutter aber schüttelte den Kopf.

»Er faßt alle Dinge im Leben gleich ungeschickt an. Das ist sein Pech.«

Aber Tine lachte, während sie ihm übers Haar strich. »Er hat's vielleicht nicht von Fremden geerbt,« sagte sie.

»Na, Tine,« warf die Küstersfrau ein.

Die Mutter aber lachte und hob die schönen Hände mit den vollen Adern: »Ja, wirklich, die Hände sind schön, aber sie sitzen verkehrt in den Gelenken.«

Die Küstersfrau nahm die Hände und streichelte sie:

»Sie sind ja auch nicht fürs Gewöhnliche gemacht,« sagte sie.

Plötzlich aber war die Mutter ernst geworden:

»Nein,« sagte sie, und mit ganz anderer Stimme fast fügte sie hinzu: »Aber mit solchen Händen kann man sich auch nicht wehren.«

Ihre Stimmung schlug wieder um: »Nein, Tine hat Hände!« sagte sie und sah bewundernd auf Tines emsige Hand hinüber, die abermals Waffeln unter die Kinder verteilte.

Sie war so kräftig und doch nicht groß.

Dann fingen sie an von der Gräfin Danner zu sprechen.

»Gott bewahre, was für ein Frauenzimmer!« sagte Tine.

Die Gräfin Danner war das stete Gesprächsthema der Gegend. Schloß Gottorp lag ja in der Nähe, und von dort kamen der König und die Gräfin nach Sonderburg herüber. Die Gräfin hoffte stets irgendwo hinzukommen, wo ihr in rechter Weise gehuldigt würde.

Wenn die Gräfin nach Sonderburg kam, wurden alle Beamten der Insel nebst ihren Ehefrauen zur Tafel befohlen. Die Beamten erschienen, und die Frauen ließen absagen.

Die Mutter war so gut wie allein da.

»Ich will sie sehen,« sagte sie. »Merkwürdig ist sie doch auf alle Fälle, lieben Leute.«

Der Vater und die Mutter fuhren hin und wurden recht ungnädig empfangen. Die Gräfin kannte ihre Verwandtschaft mit jenem Bischof von Seeland, den sie von ihrer Trauung her noch recht gut im Gedächtnis hatte. Die Sage ging, daß sie ihn in Frederiksborg halb wie einen Gefangenen hätten behandeln müssen, ehe sie ihn dazu zwangen, sie zu trauen.

»Tüchtig ist sie,« sagte die Mutter von der Gräfin, als sie nach Hause kam. »Aber du meine Güte, was war sie doch dekolletiert ... und was hat sie denn zu zeigen ... Solche Fleischmassen zeigt man doch nicht mal seinem Spiegel ...«

Drüben in der Schule begannen sie zu singen. Der alte Küster sang vor, und die Kinder antworteten ihm unverdrossen in allen Tonarten. Es war ein Begräbnispsalm.

In der Wohnstube setzten sie ihr Gespräch über die Gräfin Danner fort.

> Es welken dieser Erde Kränze,
> Und was sich hier dem Staub entwand.
> Gezählt sind bald der Erde Lenze –
> Selbst wo es Gott mit Geist verband.
> Nur was der Himmel uns verleiht,
> Kann blühn in alle Ewigkeit.

sangen sie drüben. Der Baß des Küsters und die Diskonte seiner Schar.

Die Mutter wußte so viele Geschichten von der Gräfin. Sie hörte sie von ihrem Schwiegervater, der alten Exzellenz, der »diese Person« aus aufrichtiger Seele haßte. Die Mutter erzählte eine Geschichte von den Kanälen zu Frederiksborg. Der König und seine Gemahlin machten eine Ruderfahrt. Da wurde Seine Majestät, der Freiheitskönig, plötzlich wütend.

»Schmeißt sie ins Wasser!« rief er.

»Schmeißt das Weibsbild ins Wasser!« schrie er.

Die Leute zögerten.

»Zum Teufel – schmeißt die Metze in den See!« kommandierte Seine Majestät. Und die Gemahlin Seiner Majestät »mußte in den See« hinein und ans Ufer waten.

Die Mutter lachte wie toll.

Drüben setzten sie das Singen fort. Es klang so kläglich:

Wohl jeder Seele, die ersehnet,
Was nur des Engels Aug erspäht,
Die sich ans Höchste gläubig lehnt,
Das Flittergold der Welt verschmäht, –
Ein gütger Himmel ihr verleiht,
Was blüht in alle Ewigkeit.

»Ja,« sagte die Küstersfrau mitten in dem Gräfinnengespräch, sie dachte an den Grabpsalm: –

»Sie müssen ihn ja singen, der Chorknaben wegen.«

Die Mutter aber wußte noch viel mehr von der Gräfin und Seiner Majestät.

Sie erzählte weiter.

Sie erzählte, wie der König in einer Staatsratssitzung das Protokoll dem Ratspräsidenten gerade ins Gesicht geworfen habe, so daß es hart am Ohr des Justizministers vorbei geflogen sei. Aber am schlimmsten war doch das mit der Gräfin.

»Der Schwiegervater sagt, während der Staatsratssitzungen horcht sie an der Tür. Und hinterher erstattet sie der Zeitung Bericht.«

Stets kehrte die Mutter zu dem Thema Gräfin zurück.

Die Küstersfrau saß und hörte zu, und Tine lachte. Drüben in der Schule waren sie zu den Vaterlandsliedern übergegangen. Der alte Küster setzte immer kräftiger ein, wenn er ans Vaterland kam.

»Aber tüchtig ist sie,« sagte die Mutter und machte Schluß mit der Gräfin.

Nichts in der Welt hatte der Mutter so imponiert wie Louise Rasmussens Tüchtigkeit.

»Bei der Häßlichkeit,« sagte sie, »Kinder – –«

Drüben in der Schule war es, als seien die Kinder wach geworden. Es schallte nur so, der Baß voran:

O Muttersprache, traute, o wonnesamer Klang,
Wo finde ich das Gleichnis, zu preisen dich im Sang?

Die hochgeborne Jungfrau, die edle Königsbraut,
Denn sie ist jung und lieblich, aus hellem Aug sie
schaut.
Denn sie ist jung und lieblich, aus hellem Aug sie
schaut.

»Singt mit, Kinder,« sagte die Mutter und setzte selber ein. Der Alte hörte es drüben, und stärker erscholl die Melodie. Die klare Stimme der Mutter übertönte alle die andern:

Sie legt uns auf die Lippen ein jedes schöne Wort,
Zum leisen Flehn der Liebe, zum Dank am Siegesort.
Wird uns das Herz zu enge und schwillt es uns vor
Lust,
Verleihet sie uns Töne, erleichtert uns die Brust!

»Wie hübsch ist das,« sagte die Küstersfrau, »es ist, als ob das ganze Haus singt.«

»Tatsächlich,« sagte die Mutter, und sie lachte und lief in die große Stube hinein:

»Nein, nein, bleibt da,« rief sie, »ich singe hier. Dann gibt's Gesang in der ganzen Bude.«

Und treibt uns in die Weite das Streben nach dem
Glück,
Nach ferner Zeiten Weisheit, nach fremder Welt Ge-
schick,
Sie lockt und zieht uns heimwärts, wir folgen ihrem
Laut,
Denn sie ist jung und lieblich, aus hellem Aug sie
schaut.

Es wurde ganz still drüben beim Schmied. Jetzt konnten sie es in der Schmiede hören, daß »die Frau die Schule singen ließ«.

Der Schmied trat aus der Schmiede auf den weißen Kirchplatz. Er stand unter des Küsters Fenstern und lauschte.

»Jetzt aber wollen wir hier bleiben,« rief die Mutter, und alle liefen zu ihr in die große Stube hinein.

»Ja,« sagte Tine, »nun spielt der Junge Komödie.«

Der Junge war der Älteste. Seine Stimme war schrill wie eine Spieldose. Aber Verse konnte er. Alles, was die Mutter las, behielt er. Er gestikulierte und tobte umher.

»Seht den Jungen,« rief Tine, »seht den Jungen!«

Der Junge spielte Hakon, und er spielte den Chevalier in »Ninon«. Er mischte die Verse durcheinander, er schrie und flüsterte. Der Ofen mußte mitspielen. Der uralte Ofen des Küsters stand breitbäuchig und ernsthaft da. Der Junge flog an ihm herum, beschwor ihn und donnerte ihm seine Verse entgegen.

»Seht den Jungen, seht den Jungen!« rief die Mutter, die sich auf ihrem Stuhl vor Lachen krümmte.

Draußen klapperten die Holzpantoffel der Kinder auf der Treppe. Der Schultag war zu Ende. Die Mutter lief zum Fenster, um hinauszugucken: unten auf dem weißen Schnee lärmten die Jungens und prügelten sich.

»Satansbengels,« sagte der Küster, der hereingekommen war, und klopfte sich mit der Spitze seiner Pfeife, die ein wenig schief war, auf die Stirn.

»Ach,« erwiderte die Mutter, »sie sehen aus wie Flöhe auf einem Laken.«

Der Floh war in ihren Gleichnissen ein Lieblingstier – war überhaupt ihr Lieblingstier. Sobald eines der Kinder sich nur rieb, sagte sie augenblicklich mit heiligem Eifer: du hast einen Floh. Und sie zog das Kind ganz aus, untersuchte seinen ganzen Körper, jedes Kleidungsstück, jede Falte. Der Floh war nicht da.

Aber die Jagd machte ihr Spaß.

»Zieh dich an, das widerliche Tier ist davongesprungen,« sagte sie.

Aber war wirklich so eine kleine schwarze Kreatur da, und hatte sie das Tier mit ihren schönen Nägeln gefangen, so pflegte sie es lange anzusehen und darauf zu sagen:

»Laß es weiter springen.«

Der Küster setzte sich auf seinen großen Stuhl am Fenster. Die Frau saß ihm gegenüber, während es schummerig wurde.

»Singen Sie ein Lied,« sagte der Alte. Es war seine Wonne, wenn »die Frau« sang.

»Das von der Liebe,« bat Tine.

»Tine ist verliebt,« lachte die Mutter.

»Das von der Liebe« war eine irische Melodie. Die Worte sind unbekannt und vergessen. Nur die Mutter sang sie. Vielleicht hatte sie sie selber gedichtet. – Sie sang:

> Schön ist der Sonne Licht,
> und lieblich kann das Mondlicht sein,
> wenn es in stiller Nacht
> sich über den rinnenden Fluß
> ergießet weit –
> Schön ist der Sonne Licht.

> Am schönsten doch
> ist der Liebe Schein,
> der über bei Liebenden Antlitz gleitet,
> wenn er unerwartet und jäh
> die Geliebte erblickt.

> Doch wie die Sonne sinket
> und die Erde im Dunkeln läßt,
> so erlischt auch der Liebe Licht.
> Und es ist Nacht.

> Ach, Gott Vaters Sonne,
> sie ist barmherzig,
> sie gehet wieder auf.
> Das Licht der Liebe, wenn es erloschen,
> erlischt für alle Zeit.

> Es ist nicht dies,
> daß Menschen täuschen können;

ei ist nicht dies,
daß Menschen verlassen wurden.
Nein, nur der Liebe Licht,
das jäh erlosch –
und es ist Nacht.

Schön ist der Sonne Licht,
die Sonne leuchtet alle Tage,
und alle sehn die Sonne.
Doch wer da niemals sah
der Liebe Licht
entzünden sich und jäh erloschen,
der kennt den Tag nicht
und weiß nichts von Nacht.

Das Lied erstarb.

»Wie schön das Lied ist,« sagte Tine.

»Es ist sicher wahr,« sagte die Mutter.

Aber der alte Küster sagte, hinten von seinem Stuhl im Dunkel:

»Ja, die Liebe ist etwas, worüber man nicht nachdenkt. Sie kommt.«

»Und geht,« sagte Mutter.

»Das stimmt,« sagte die Küstermutter so still aus ihrem Winkel heraus.

Einen Augenblick schwieg alles. Aber dann sagte der Alte:

»Ja, kleine Frau – sehen Sie, das ist schon richtig. Sie kommt und sie geht. Aber es gibt wohl auch Menschen, denen sie die Tür verschließt, weil sie, wenn die Liebe nicht zu Hause ist, sich nicht gedulden und abwarten ... bis sie wiederkommt ...«

Die Mutter antwortete nicht.

Aber kurz darauf fing sie wieder an zu singen – und da war ihr Gesicht aufwärts gewendet und schimmerte bleich im Dunkel; es konnte in dieses Gesicht ein Ausdruck kommen, daß es dem Gekreuzigten glich –:

»Ach, Gott Vaters Sonne,
sie ist barmherzig,
sie gehet wieder auf.
Das Licht der Liebe, wenn es erloschen,
erlischt für alle Zeit.«

»Tine,« sagte sie, und ihre Stimme klang plötzlich heiter, »jetzt wollen wir auf den Kirchhof gehen.«

Das tat sie oft im Schummern oder bei Abend, aber stets mußten Tine und die Kinder ihr auf den Fersen folgen.

Sie zogen sich an und gingen durch die blitzende Küche in den Garten hinaus.

»Gute Nacht,« sagten die Alten. Sie standen in der Küchentür.

»Gute Nacht.«

Der Garten war mit Schnee bedeckt. Auf den Bäumen lag Reif, in der Kälte glitzerten feine kleine Sterne.

»Passen Sie auf Ihre Rosen,« sagte die Mutter zu Tine.

»Sie sind zugedeckt,« antwortete Tine.

Sie öffneten die Gittertür und traten in den Kirchhof ein.

Alles war ganz still. Schwarze und weiße Kreuze ragten aus dem weißen Schnee hervor. Ihre Namen waren im Dunkel verschwunden.

»Hier ruht man sanft,« sagte die Mutter.

Durch den Schnee waren Pfade gebahnt. Die Kreuze zeigten an, wo Gräber waren. Mitten im Schnee stand die Kirche, weiß und groß.

Sie schritten weiter, um den Kirchhof herum.

Die Mutter und Tine gingen voran, die Kinder trabten im Schnee hinterdrein.

Licht kam nur von den Sternen über ihnen.

Tine und die Mutter sprachen von denen, die im letzten Jahre gestorben waren und jetzt im Grabe lagen. Sie sprachen von dem Sohn des Dorfschulzen.

»Ja, er hat viele unglücklich gemacht,« sagte Tine.

»Das sagt man.«

»Und Gott mag wissen, was sie eigentlich an ihm sahen?«

»Sahen?! Sahen?!«

Es war die Mutter, die sprach.

»Tine, die Bienen spüren, in was für Blumen Honig ist.«

»Ja, vielleicht.«

»Es war wohl Liebesstoff in ihm,« sagte die Mutter und schwieg eine Weile, ehe sie, indem sie vor sich hinstarrte, fortfuhr: »und sonst nichts.«

Sie setzten ihren Weg fort.

»Kommt, Kinder,« sagte die Mutter. Zu Tine aber bemerkte sie, und ihr Gesicht war aufwärts gewendet, ihren Sternen zu, denen sie die vielen Namen gab:

»Tine, es gibt im Leben nur zwei Dinge – die Liebe und den Tod.«

Sie kamen an das große Portal. Tine zog den Riegel zurück.

»Jetzt müssen wir aber heim,« sagte die Mutter. Sie ging nach Hause, die Kinder an ihrer Seite.

Ringsum war tiefes Schweigen, alle Häuser waren geschlossen. Menschen begegneten ihnen nicht, und die Hunde kannten sie.

Es war einer von Mutters schweren Tagen.

Auch als sie nach Hause kamen, wurde kein Licht angezündet, und die Mutter sprach nicht. Sie setzte sich nur an das alte Klavier, dessen Tasten weiß durch das viele Dunkel schimmerten, und sang:

> Es kommen die Jahre,
> Da wir schmerzlich wissen
> Des Lebens Wert.
> Es kommen die Jahre,
> Da wir verlieren müssen,
> Was uns beschert.

Der Vater öffnete seine Tür, und die Kinder erblickten seinen hohen Schatten darin.

> Es kommen die Jahre,
> Da das Heer der Gedanken
> Einem Leichenzug gleicht.
> Es kommen die Jahre,
> Da das sehnsüchtge Schwanken
> Der Müdigkeit weicht.

Der Vater regte sich nicht. Es war, als stünde er da in der schwarzen Finsternis wie ein schwarzes Standbild.

> Es kommen die Jahre –
> Da wird die Erinnerung
> Selber zum Hohn.
> Es kommen die Jahre,
> Da wir leben nicht mehr –
> Ach, stürben wir schon – –

Der Vater schloß die Tür.

Die Mutter fuhr bei dem Geräusch zusammen.

»Wer ist da?« fragte sie.

»Es war der Vater,« antwortete der älteste Junge aus der Ecke.

»Mutter, sing das Lied, das wir nicht verstehen.«

Aber die Mutter schloß das Klavier.

Lange wurde es nicht mehr geöffnet.

Aber dann konnten Zeiten kommen, wo die Mutter nur las.

Die Tür zum Bücherschrank stand nie mehr still, ein Band folgte dem andern. Der Kutscher fuhr nach Sonderburg, und der Kutscher brachte Bücher mit.

Sie saß stets auf derselben Stelle, am Fenster, auf »ihrem« Stuhl, unbeweglich. Das Buch lag auf ihrem Nähtisch, den Kopf hatte sie in die Hände gestützt. Die Kinder hörte sie nicht, um den Haushalt kümmerte sie sich nicht. Sie verschlang nur Buch auf Buch.

Der Vater kam herein.

»Willst du nicht ausgehen?« fragte er.

»Ich lese.«

»Willst du nicht zu Lehrers gehen?«

»Du siehst ja, ich lese.«

Sie las weiter, und die Hand schlug die Blätter um.

Es verging eine Stunde. Es vergingen viele Stunden. Die Kinder schlichen umher.

Zuweilen aber legte sie das geöffnete Buch auf die Knie, und mit eng gefalteten Händen starrte sie vor sich hin – schweigend, ehe sie weiter las.

Sie holte sich Bücher aus Vaters Regalen. Sie las über Naturwissenschaft und Dogmatik. Sie las und las.

Der Vater ging durch das Zimmer:

»Willst du denn nicht ausgehen?«

»Morgen.«

»Das sagst du jeden Tag.«

»Ja, aber ich lese.«

Sie las wie ein Trinker, der sich berauscht und sich wieder berauscht und seinen Rausch verlängert und nicht erwachen will.

In der Dämmerung kam Tine.

»Was haben Sie angefangen?« fragte Tine.

»Ich habe gelesen.«

»Was?«

»Ich weiß nicht.«

Plötzlich aber konnte sie in Klagen ausbrechen, in lange und heftige Vorwürfe gegen die Bücher, die sie verschlang, die ihren Durst nicht befriedigten.

»Worüber schreiben sie?« sagte sie und schlang, im Lichte des Feuers, vor dem sie saßen, die weißen Hände, die im Feuerschein glühten, um ihre Knie: »Sie schreiben schöne und dumme Worte über das, was wir alle wissen, was wir alle zu denken gewohnt sind ... über anderes schreiben sie nicht.«

»Alle Bücher handeln doch von Liebe,« sagte Tine.

Die Mutter lachte.

»Das tun sie eben nicht.«

»O doch.«

»Nein, gerade in dem Punkt verdrehen die Bücher uns das Leben, sie rauben uns den Mut, der Wahrheit in die Augen zu sehen.«

»Was für einer Wahrheit?«

»Der *Wahrheit*.«

Sie schwieg einen Augenblick. Der älteste Junge lag ihr zu Füßen und schaute empor in ihr schönes Gesicht.

»Ich kenne sie,« sagte sie, »aber sie – die *Dichter*« – und sie sprach das Wort mit einem stolzen Hohn aus, »sollten den Mut haben, sie *auszusprechen* ... ich suche nach einem, der es gewagt hat.

Sie schreiben Fabeln, die wir selber erfinden könnten, sie setzen Verse zusammen, die wir selber drechseln und am Klavier singen könnten ... Aber die Wahrheit sagen sie nicht ... Ja, die Buchbinder sind die einzigen, die sie durchschauen. Sie haben ja seit Olims Zeiten damit zu tun gehabt und haben gelernt, diese Lügen in ein goldenes Gewand zu kleiden ...«

»Freilich,« fuhr sie fort und lächelte ein bißchen, »die Buchhändler kennen sie vielleicht auch – sie lächeln immer so verbindlich, wenn man ein Buch kauft, als ob sie sagen wollten: daß du nicht klüger bist ... aber bitte schön – kaufe nur eine neue Lüge ...«

Sie saß immer noch mit verschlungenen Händen da, plötzlich aber sprach sie ganz ruhig:

»Was mich wundert, ist nur, daß sie alle so dumm sind, daß nicht einer von ihnen klug genug ist, sich steinigen zu lassen, weil er die Wahrheit gesagt ...«

»Ja, aber welche Wahrheit?« fragte Tine, die während Mutters »Leseraptus« ganz verzweifelt war.

Die Mutter schwieg eine Weile.

»O,« sagte sie. »Der Sohn des Dorfschulzen kannte sie. Aber der konnte nicht buchstabieren, und er war wohl auch zu faul, um Dichter zu werden.«

Tine, die durchaus nichts verstand, sagte ablenkend: »Ja, faul war er in allem, nur nicht darin, die Mädchen ins Unglück zu bringen ...«

»Er brachte sie nicht ins Unglück,« sagte die Mutter, »er liebte und er hörte auf zu lieben – – – wenn *das* vorbei war ...«

»Wenn was vorbei war?«

»Ja – die Begierde ... denn das ist das Geheimnis: es gibt nichts als den Trieb, er allein ist Herr und Meister ... Der Trieb brüllt zum leeren Himmel hinauf – er allein. Aber,« und die Mutter machte eine Bewegung mit der Hand »wir wollen nicht mehr davon sprechen ... weshalb sollte ich die Wahrheit sagen? ... Glauben Sie, daß wir Schnee bekommen?« fragte sie.

Ihr Antlitz war von dem roten Feuer beschienen ...

Dann stand sie auf. Man hörte ihre Schritte kaum. Lange erklang das leise Vorspiel, ehe sie sang:

> Laßt die Toten ruhen,
> laßt die Toten ruhen,
> ihr Erinnerungen.
> weckt es nimmer,
> laßt mein totes Herze ruhn.
> Nur im Tode gibt es Ruh und Frieden.
> Laßt es ruhen,
> laßt mein totes Herze ruhen.
>
> Waren Frühlingstage,
> voller Fliederduften,
> als in lauter Sonne
> du das Fenster öffnest

und, im Jubel strahlend,
flüstertest:
»Noch ein Tag –
noch einen Tag zu leben.«

Waren stille, friedevolle Stunden,
wenn wir unter kargen, dünnen Vorstadtbäumen
schweigend schritten in der gleichen Freude,
daß gemeinsam unser Träumen, unsre Tränen.

Laßt es ruhen, laßt es ruhen,
weckt es nicht, mein totes Herze.
Nur im Tode gibt es Ruh und Frieden.
Ihr Erinnerungen,
weckt es nicht,
weckt es nicht, mein totes Herze.

Die Tage wurden länger, und auf dem Nähtisch in Mutters Glas
standen Schneeglöckchen. Tine war so geschickt darin, sie unterm
Schnee zu finden. Sie kannte die Stellen, an denen sie wuchsen, und
sie wühlte und wühlte, bis sie sie fand.

Die Schneeglöckchen standen dicht an der Mauer. Tine legte sich
auf die Knie und grub mit ihren flinken Händen, die ganz rot davon
wurden.

»Seht, seht!« rief sie, wenn sie das zarte Grün fand.

»Ja, wie hübsch ist das,« sagte die Mutter, die am Fenster stand.
»Aber wie kalt ist es noch,« fügte sie hinzu und schloß das Fenster.

Das ganze Haus wurde mit Schneeglöckchen angefüllt. Selbst die
Mädchen hatten ein Glas voll vor ihrem Fenster stehen (es war ein
vergittertes Fenster, die Mädchen wohnten wie in einem Gefängnis,
aber die Knechte schlüpften wohl durch die Tür hinein), und eines
Tages lief die Mutter hinaus und steckte einen Strauß an den alten
Hut des Kuhhirten.

Er kam um den Kuhstall herumgeschlichen. Er schlich immer, gleichsam als wolle er die Verdauung des lieben Viehs nicht stören. Die Mutter saß an ihrem Fenster. Nun sprang sie auf.

»Jens soll Schneeglöckchen am Hut haben,« sagte sie und lief hinaus.

Über den Hof, zum Kuhstall.

Jens war ganz erschrocken. Aber die Mutter riß ihm den Hut vom Kopf und steckte die Schneeglöckchen hinter das Band.

Der Kuhhirt blieb stehen mit dem Hut in der Hand. Dann lachte er, meckernd und lange.

Die Mutter aber, die wieder hineingelaufen war, sagte zu Tine: »Uff, wie eklig war sein Hut anzufassen.«

Der Frühling meldete sich. Die Schwalben kamen, und die Anemonen sproßten hervor im Wäldchen hinter dem Gartenhaus der Mutter.

Dann machte es der Mutter Spaß, in den Wiesen umher zu waten.

Das Eis lag noch darauf, aber in kleine, fließende Inseln zerteilt.

Mit aufgehobenen Röcken stand die Mutter mitten auf den Eisschollen.

»Tine, Tine, es bricht!« ...

Tine stand mitten im Morast, bis zu den Knien aufgeschürzt, auf das Schlimmste gefaßt.

Die Mutter flog von Scholle zu Scholle.

Bums – da lag der älteste Junge, bardauz, in der nassen Wiese.

»So, da liegt der Junge!«

Die Mutter sah sich die Situation einen Augenblick an. Nur der kurzgeschorene Kopf des Knaben guckte aus dem Wasser hervor.

»Herr Jesus, er sieht aus wie ein Seehund.«

Die Mutter lachte, daß sie und die Schollen bebten.

»Tine, Tine, ziehen Sie ihn heraus, damit Fritz nichts sieht.«

Tine packte den Jungen, daß er aufheulte.

Die Mutter flog von Scholle zu Scholle, während sie mit den Armen schlug wie ein Vogel, der sich zum Fliegen anschickt.

Die Knechte und der Kuhhirt kamen heraus, um zuzuschauen. Jens grinste, daß ihm die Pfeife aus dem Mund fiel.

Lars aber, der Großknecht, äußerte, die Frau spränge weiß Gott ebenso famos wie die, die durch den Reifen springen.

Lars war häufig in Flensburg gewesen und hatte die Zirkusdamen gesehen.

»Meiner Seel, ebenso famos,« sagte Lars und spreizte die Fäuste in den Hosentaschen.

Jens, der Kuhhirt, aber hatte seine eigene Meinung und zwar die, daß die Beine der Frau beinah so zierlich seien wie die einer Geiß, ganz bestimmt.

Die Mutter sprang auf den Schollen umher, bis es dunkel wurde. Dann setzten sie und Tine sich auf eine Bank, am Wegrand. Jenseits des Weges standen Pappeln.

»Wie glühend die Sonne untergeht,« sagte die Mutter.

»Ja, es gibt Sturm,« antwortete Tine.

Die Mutter sah lange auf die leise wiegenden Pappeln; sie standen so schlank gegen den Himmel.

Dann sagte sie leiser: »Ob die Pinien sehr viel anders ausschauen?«

Sie erhoben sich beide. Auf der Hoftreppe begegneten sie dem Vater.

»Was hast du für rote Backen!« sagte er, denn die Mutter war noch ganz glühend.

»Ach ja,« sagte sie und holte tief Atem, »ich bin auch direkt vom Schmied hierher gelaufen.«

Es war dunkel in allen Stuben, und alle Türen standen offen.

»Setzen Sie sich hierher, Tine,« sagte die Mutter, und Tine setzte sich, mit dem Kopf gegen den Klavierstuhl, zu ihren Füßen.

Mutters Finger liefen über die Tasten hin:

»Wie seltsam, aber es ist, als ertrüge ich es nicht länger als eine Stunde, froh zu sein.« Die Läufe wurden zu einem Vorspiel, und die Mutter sang:

Ein jedes Kind, das du gebierst,
Gebierst du für die Not,
Und keimt ein neues Blatt hervor,
Es keimt nur für den Tod.

Ein jeder Liebesrausch, genossen,
Trägt Schmerz in seinem Schoß,
Ein jedes Liebeswort, verflossen,
Ist aller Farbe bloß.

Ein jedes Glücksgespinst, gesponnen,
Zerreißt es dir gar bald.
Als er der einen Kuß genommen,
Sein Traum der andern galt.

»Wie ist das Lied traurig!« sagte Tine.

Die Mutter schwieg eine Weile, dann sagte sie:

»Wissen Sie, was ich mir wünschen könnte, Tine? – Daß ich ein Lied schreiben könnte, so traurig wie das Leben.«

Sie schwieg abermals, während die weißen Hände über den Tasten schimmerten: »Aber es ist weise bedacht: daß das Glück keinen Plural hat.«

»Ja, das ist seltsam.«

Die Mutter stützte ihren Kopf in die Hand:

»Nein,« sagte sie, »es gibt nur eins.«

Der Vater ging durch die Stube, durch die Dämmerung, wie ein Schatten.

»Wollt ihr nicht Licht machen?« fragte er.

»Gleich wird es angezündet,« antwortete die Mutter.

Und Tine steckte die Lampe an.

»Jetzt wollen wir Patience legen,« sagte die Mutter, und sie vergrub sich stundenlang in die Karten.

»In den Karten begegnet man immer dem Glücksbuben,« sagte sie.

Tine sah zu, bis ihr die Augen schwer von Schlaf wurden.

Nebenan im Zimmer hörte man unablässig den Vater hin und her gehen, hin und her.

Der Frühling kam.

An kalten und klaren Abenden streifte die Mutter mit Tine umher, über die Felder mit ihrem zarten Grün, auf Hügel und Anhöhen hinauf, wo sie weit sehen konnte.

Dort stand sie so gern.

Die Luft war noch kalt und biß sie in die Wangen, während die Sonne in einem blassen Rot unterging. Sie stand, mit der erhobenen Hand über den Augen, schlank gegen den Himmel, als spähe sie nach dem nahenden Frühling.

Dann wurden die Tage milder, in den Stuben daheim standen alle Schalen voll duftender Veilchen, und im Küchengarten kamen an den langen Reihen von Stachelbeerbüschen feine Blätter hervor.

Die Erde auf den Feldern wurde glänzend schwarz, der Humus lag feucht und blank und fruchtbar da – die Mutter konnte abends, wenn sie die Feldwege entlang gingen, Tine und die Kinder anhalten:

»Seht,« sagte sie, »seht, wie die Erde atmet.«

Die Frühjahrssaat sproßte in grünendem Gewimmel hervor, während der Roggen stramm und schlank dastand und den Abend mit dem starken Duft des jungen Grüns erfüllte.

Auch die Bäume bekamen Blätter, und alle Knospen sprangen, während die Luft satter und schwerer wurde; und der erste Dunst stieg aus der lebenden Erde auf, zu einem Blau des Himmels empor, das sich immer dunkler und kräftiger färbte.

Die Mutter hatte die Wanderkrankheit.

Sie ging und ging.

Plötzlich konnte sie stehen bleiben.

»Tine,« sagte sie, »es ist, als stöhnte die Erde.«

Im Garten blühten die Lilien auf.

Hoch und schlank würzten sie die dämmernde Nacht mit ihrem süßlichen Hauch.

Vom Teich stieg der Dunst auf, gesättigt mit dem Duft des Humus, wie ein heißer Atemstrom der Erde.

Um das weiße Gartenhaus schlangen sich glänzend die Rosenranken, und die Blätter entfalteten sich, während sie ihren sinnlichherben Wohlgeruch verbreiteten.

Und überall, auf allen Dächern, flogen die weißen Tauben zueinander, während in Pappeln und Büschen die Vögel riefen und lockten.

»Wir wollen weiter gehen,« sagte die Mutter.

Sie ging mit Tine durch das Wäldchen hinter der Kirche, – Paradies wurde es genannt – die Anhöhe hinan.

Die Mutter pflückte schweigend einen Strauß tauiger Blumen.

Alles war grün geworden, und von Feldern und Wäldern und allen Sümpfen stieg ein zitternder Nebel zum dunkelnden Himmel auf.

Häuser und Höfe sahen sie zu ihren Füßen, und die Umrisse der weißen Kirche, und alles war in der schwangeren Feuchtigkeit der dampfenden Erde gleichsam verwischt.

Die Mutter schaute zum gewölbten Himmel auf und sagte:

»Die Sterne, Tine, wollen es nicht sehen.«

Sie schritten zurück durch das Wäldchen.

»Wie ist die Luft schwer!« sagte die Mutter.

»Das ist der Holunder,« sagte Tine.

»Wir wollen auf den Kirchhof gehen,« sagte die Mutter.

Sie öffneten die Pforte und traten ein.

Alle Büsche strotzten von Laub, und die Buchsbaumhecken glänzten. Hinter den weißen Mauern lag der Blumenduft dicht und schwer. Ringsum standen die stummen Kreuze.

Die Mutter blieb bald bei dem einen, bald bei dem andern Kreuz stehen. Und in die gesättigte Luft hinaus sprach sie leise die Namen auf den Kreuzen und die Worte der Inschriften:

»Mir geschehe nach deinem Wort.«

Und sie schritt weiter:

»Die Liebe ist des Gesetzes Erfüllung.«

Sie schritt weiter den Pfad entlang, und sie bog die Lilien zur Seite, als ertrage sie ihren Duft nicht.

»Jetzt haben Dorfschulzens den Hügel machen lassen,« sagte Tine.

»Ja,« antwortete die Mutter.

Sie beugte sich nieder und legte behutsam den Strauß, den sie trug, auf den frischen Hügel.

»Von ihnen, denen er das Glück brachte und die weinen mußten,« sagte sie.

»Ist das ein Dank?« fragte Tine.

Die Mutter antwortete nicht.

Schweigend, starr vor sich hinsehend, blieb sie vor dem frisch aufgeworfenen Grabe stehen.

Eine Fledermaus flog vorbei, und die Mutter fuhr zusammen.

»Kommt,« sagte sie. Und als sie draußen waren, faßte sie sich an den Kopf:

»Tine – leben die Toten denn?« sagte sie, und sie versuchte zu lachen.

Unten am Abhang hinter der Mauer gab's ein Geflüster und Gehusche.

»Ach,« sagte Tine und lachte, »das sind ja nur die Knechte mit ihren Mädchen.«

Die Mutter kam nach Hause zurück, über den Hof, und ging in ihre Stube hinauf.

Es war Halbdunkel, und alle Türen standen offen.

»Maren, Maren!« rief sie durch das Haus.

Aber niemand antwortete.

Nur die Heimchen sangen im Waschhause und am Herde.

Die Mutter öffnete die Tür zum Waschhause.

»Maren, Maren!« rief sie über den Hof hinaus.

Sie sah nur ein paar Schatten, die zum Teiche hinunterflüchteten.

Sie schloß die Tür und ging langsam ins Haus. Wenn durch die Scheiben Licht auf ihr Gesicht fiel, schimmerte es bleich.

Sie setzte sich auf ihren Stuhl, und mit gefalteten Händen starrte sie in den leeren Raum hinaus.

Der Vater öffnete seine Tür.

»Ist hier jemand?« fragte er.

Im Halbdunkel antwortete sie leise:

»Ja – ich.«

Und der Vater sagte:

»Ich sah dich nicht.«

Er begann im Zimmer auf und nieder zu gehen und sagte:

»Ich rief vorhin, aber hier ist kein Mensch.«

»Nein,« antwortete die Mutter.

»Ja, wo sind sie denn – was machen sie alle?«

Mit einem leichten Wechsel der Stimme sagte die Mutter:

»Es ist Frühling, Fritz.«

Der Vater ging eine Weile hin und her.

»Du mußt sie zu Hause halten,« sagte er. »Das ganze Haus steht abends leer – das geht nicht an.«

Die Mutter regte sich nicht, aber indem sie den Hinterkopf an die Wand lehnte, sprach sie in die Luft hinaus und nicht zu ihm.

»Die Erde ist der Lehrmeister für ihre Kinder geworden.«

Der Vater blieb in einer Ecke stehen und setzte sich. Lange saß er schweigend da.

Dann sagte er:

»Wie weit du dich entfernt hast –«

Die Mutter antwortete nicht. Doch nach einer Weile sagte sie:

»Fritz, die Natur ist am stärksten, und die Erde selber treibt sie. Ja, Fritz,« und sie redete heftiger:

»Je mehr ich nachdenke, desto sicherer erkenne ich, es gibt nur ein Gesetz, ein einziges: daß das Leben fortgepflanzt sein will.«

Sie schwieg wieder einen Augenblick, dann sagte sie langsamer:

»Das glaube ich.«

»Fortgepflanzt zu welchem Ziel?«

»Ziel? Das Ziel ist die Fortpflanzung.«

»Und weshalb?«

Die Mutter sah in die leere Luft hinaus.

»Das weiß ich nicht,« sagte sie. »Gibt es nicht Billionen von Sternen? Sie werden das Ziel wohl vollbringen helfen.«

Sie schwiegen eine Weile.

Dann sagte sie:

»Weshalb, Fritz, sind die Menschen so eitel? Sind wir etwa nicht die geringsten Dienstboten in einem großen Hause, dessen Herrn wir nie von Angesicht zu Angesicht sehen?

Wir müssen unsere Tränen verbergen. Wir leiden und – bereiten Leiden.

Mehr wissen wir nicht.«

Der Vater erhob sich, aufgeregt.

»Dein ganzes eigenes Leben widerspricht dem, was du sagst; glaubst du denn, ich weiß nicht, daß dein ganzes Leben eine einzige Aufopferung ist?«

Die Mutter antwortete nicht gleich, dann sagte sie unendlich mild:

»Fritz, wenn man sich über die Leere des Lebens klar geworden ist, muß man es mit etwas ... Gleichgültigem füllen.«

»Ist denn die Aufopferung auch etwas Gleichgültiges?«

»Ja – vollkommen.«

Der Vater gab keine Antwort.

Es war, als glitte sein wandernder Schatten ins Dunkel hinein.

»Oder,« sie sprach ruhig, wie jemand, der eine letzte Frage stellt, »macht zum Beispiel meine Aufopferung dein Leben wirklich reicher?«

Vielleicht erwartete sie nur eine Sekunde lang eine Antwort; aber der Vater blieb stumm; und im Dunkeln zitterten vielleicht ihre Hände einen Augenblick.

Von ihrem erhöhten Platz her sagte sie dann:

»Es gibt zwar mancherlei Arten Scheinleben: in der Kunst, in der Aufopferung, in der Arbeit, in der Freundschaft, in der Tat; nur an einem Ort ist das Leben – dort, wo die Natur es gewollt hat.«

Die Mutter schwieg, und in der Stube war es still.

Leise wurden draußen die Türen aufgeklinkt.

Die Leute kamen nach Hause.

»Jetzt kommen sie wieder,« sagte die Mutter. Der Vater schritt zur Tür und rief hinaus, seine Stimme zitterte.

Dann erscholl von der Allee her Gesang, er tönte so hell und frühlingsgesättigt zu ihnen hinauf.

»Ach, das ist Tine,« sagte die Mutter. Und sie riß das Fenster auf.

Glühend kam des Küsters Tochter angelaufen.

»O, ich mußte her, dies sind die ersten Erdbeeren. Mutter hat sie heute abend gepflückt,« und sie reichte die roten Beeren zum Fenster hinauf.

»Entzückende Frau,« sagte sie.

Und die Mutter beugte das Gesicht über den Duft der Beeren.

Jeden Tag zur Mittagsstunde mußte Tine hinunter und sehen, ob die Rosen aufblühten.

Die wilden Rosen an den weißen Säulen von Mutters Gartenhaus.

»Ja, sie kommen schon,« sagte sie.

»Voriges Jahr kamen sie nicht,« sagte die Mutter, »und da hatten wir auch keine Erdbeeren.«

Rosen und Erdbeeren, die gehörten zu Mutters Geburtstag.

»Ja, voriges Jahr,« sagte Tine, »daran war nur die Kälte schuld.«

Und sie setzten sich hinein auf die weiße Bank und starrten über den Teich hin und sprachen davon, wie es letztes Jahr und vorletztes Jahr und das Jahr vordem und vor vielen, vielen Geburtstagen gewesen.

»Ach ja, aber damals waren Sie klein,« sagte die Mutter.

Mit einem Male lachte die Mutter, daß sie sich schüttelte:

»Du lieber Gott! Sie hatten ein schottisches Kleid an, wie saß das an Ihrem Körper! Nie in meinem Leben habe ich etwas so Rotohriges gesehen wie Sie, als Sie klein waren. Und drall!« sagte die Mutter.

Die Mutter lachte noch immer und redete von Tine als Kind.

Am schlimmsten aber war es an dem Geburtstag gewesen, als die dicke Madam Jespersen in den Teich gefallen war.

»Kinder!« sagte die Mutter. »Da sitzt sie, ganz nah am Rande, und plötzlich nimmt der liebe Gott sie und ihren Stuhl, und sie plumpst hintenüber, die Rechtsundlinksgestrickten hoch in die Luft.«

Der Anblick war gräßlich gewesen.

»Man sah ja nichts weiter als die drei Straußfedern über dem Wasserspiegel,« sagte die Mutter.

»Ja, da war ich eben konfirmiert,« bemerkte Tine.

Am Tage vor dem Geburtstage war ein Betrieb wie vor Weihnachten.

Tine buk, und Tine knetete.

Alle Küchenfenster standen weit offen, und Maren, das Waschmädchen, die einen selbstgestrickten wollenen Unterrock anhatte, schwitzte, daß es nur so troff.

Die Knechte kamen abwechselnd herbei und stellten sich in die Tür, um zuzusehen.

»Weg da, Lars,« sagte Tine. Sie flog ein und aus und rührte dabei unverdrossen die Sandtorte in einer Schüssel, so groß, als solle die ganze Gegend sich Leibschmerzen davon holen.

Die Mutter stand hilflos mitten in der Küche.

»Tine, daß es nur ja genug wird! Sie wissen, was in Jespersens hineingeht, wenn sie eingeladen sind.«

Die Schneebesen klangen gegen die irdenen Schüsseln, und die Männer-Marie heizte, daß der Ofen glühte.

Der Vater öffnete die Tür.

»Stella, deine Hände.«

»Fritz, ich rühre mich ja nicht.«

Und der Vater machte die Tür wieder zu.

Die Kinder stürmten herein vom Waschhause her und füllten die halbe Küche; sie wollten den Teig probieren.

Sie probierten, daß sie alle eigelbe Schnäbel kriegten.

»Und nun hinaus!« sagte Tine.

»Jetzt schließen wir die Tür zu.«

Die Kinder wurden vor die Tür gesetzt, die Mutter auch, und sie hörten nur, draußen im Hofe, die Löffel klappern und Tine kommandieren.

Maren, das Waschmädchen, stimmte das Lied von dem General Rye an.

Die Mutter lief die Allee hinunter und alle Kinder hinter ihr her.

»Fangt mich,« rief sie und lief voran.

Der Vater öffnete sein Fenster.

»Stella, deine Brust,« sagte er.

»Fritz, wir laufen nur!«

Die ganze Schar jagte weiter.

Am Ende der Allee begegnete ihnen ein Mann mit einem Leierkasten.

»Da ist ein Leierkasten!« rief die Mutter, »lieber Mann, kommen Sie doch herein.«

Und der Leierkastenmann hinkte voran, die anderen folgten hinterher, und die Mutter rief:

»Tine, Tine, hier ist ein Leierkasten!«

Der Mann fing mitten im Hof an zu spielen, die Mutter aber schob ihn weg und sagte:

»Lassen Sie mich.«

Und unter der Linde begann sie selber zu drehen, während sie laut auflachte, denn es war General Bertrams Abschiedslied, das sie leierte.

In der Küche liefen sie an die Fenster, und die Knechte erschienen in der Waschhaustür.

Jens, der Kuhhirt, steckte seinen Kopf aus dem Stall heraus.

»Da spielt die Frau selber,« sagte er.

General Bertrams Abschiedslied war vorüber, und die Mutter leierte weiter.

»Hei, hopp!« sagte sie, »jetzt kommt eine Polka! Tine, Tine,« rief sie, »jetzt könnt ihr tanzen.«

Die Mädchen liefen hinaus, Tine an der Spitze, und schweißtriefend und barhäuptig begannen sie mitten auf dem Hof um den Leierkasten herum zu tanzen. Marens Rock reichte ihr kaum bis zu den Knöcheln herab.

»Tanzt! tanzt!« rief die Mutter den Knechten zu.

Aber niemand außer Lars, dem Großknecht, wagte es; er schlich, ein bißchen verlegen, heran und zog die Holzpantoffel aus, ehe er Tine aufforderte und mit ihr, in seinen wollenen Socken, auf dem Rasen tanzte.

»Hallo, hallo,« rief die Mutter, »jetzt feiern wir Erntefest.«

Sie drehte den Leierkasten, daß ihr der Schweiß auf dem bleichen Gesicht stand.

Die Kinder umtosten jauchzend den Leierkasten.

»Tanzt, tanzt!« rief die Mutter, und die Kinder sprangen. Der lahme Leiermann aber stand gemütlich da und schnüffelte nach dem Backgeruch.

Lars hatte Tine geschwungen, daß ihr Kattunkleid flatterte – viel war nicht drunter – und jetzt machte er eine schiefe Verbeugung vor dem Leierkasten.

»Tine, drehen Sie!« rief die Mutter.

Tine lief herbei und drehte, und die Mutter schwang sich im Tanze, während alle Kinder schrien.

»Mutter tanzt, Mutter tanzt!«

Lars, der Großknecht, hielt die schlanke Mutter so behutsam umfaßt, als sei sie von Porzellan, während er auf den Socken umherhüpfte.

»Ah, ich kann nicht mehr,« sagte die Mutter. Tine aber drehte weiter, und die Mutter rief plötzlich:

»Nein, wenn Fritz nicht zu Hause wäre, müßten wahrhaftig die Pferde heraus.«

Sie wollte die Pferde heraus haben.

»Tine, am Tage vor meinem Geburtstag sagt er nichts.«

Sie rief den Kuhhirten.

»Jens! Jens!«

Jens kam herangehinkt.

»Jens,« sagte die Mutter und fing plötzlich zu flüstern an, »laß die Pferde heraus.«

Ringsumher tanzten die Mädchen, und die Kinder schrien, als mache ihr eigenes Geheul sie von Minute zu Minute toller.

»Da sind sie,« rief die Mutter. Die beiden Braunen setzten aus der Stalltür.

Hinterher kam »Beauty«.

»Jagt sie, jagt sie!« rief die Mutter, und sie selber schwenkte mit ihrem Taschentuch.

Die Pferde rasten umher, und die Mägde tanzten.

»Vorsicht! Vorsicht!« rief die Mutter. Es war ein einziger Spektakel.

»Stella, Stella!« erklang es plötzlich vom Fenster her.

»Herrgott – Fritz!« sagte die Mutter und stand plötzlich ganz steif da.

Die Mägde verschwanden in einem Nu, als habe die Erde sie verschlungen.

»Ja,« sagte die Mutter stotternd, »Fritz, ich weiß nicht, wie es gekommen ist.«

Der Vater aber schloß sein Fenster, und die Mutter sagte leise zu Tine, indem sie die Schultern hochzog, als ergötze sie sich:

»Jetzt soll der Mann Kaffee haben.

Denn, Tine, solche Leiermänner wissen tausend Geschichten.«

Der Leiermann kam in die Gesindestube, und die Mutter hörte stundenlang seinem Geschwätz zu.

»Ja, ja – weiter, Leiermann, weiter,« sagte sie und rückte ihm immer näher auf der Bank.

Der Leierkastenmann erzählte Geschichten von seiner Weltumsegelung.

Als er ging, bekam er einen Taler.

»Tine, nein,« sagte die Mutter voller Entzücken: »wie der Mann lügen kann. Das ist ganz wie in dem Stück im Lesebuch, wo die Negerkönigin sich zur Verdauung auf den Leib trampeln läßt.

Das stand im deutschen Lesebuch, und das ist wahr, wenn auch Fritz sagt, ich lüge. Aber kommen Sie nun,« sagte sie, »jetzt gehen wir.«

Sie gingen durch den Garten hinab.

Der Abend war lau und licht, und der Teich lag spiegelblank da.

Die ersten Rosen dufteten an der Hecke.

»Hören Sie, wie still es ist,« sagte die Mutter.

»Ja, so still.« –

Von den Wiesen stieg der Dampf auf. Weit in der Ferne sahen sie den Wald.

»Tine,« sagte die Mutter, »hier möchte ich gern sterben.«

Und an die weiße Säule gelehnt, daß die Rosen über ihr Haar fielen, schaute sie über den Teich und die Wiese und den Wald hin.

»Weshalb ist der Rahmen des Lebens so schön,« sagte sie. Und müde sank ihre schöne Hand seitwärts herab.

Am nächsten Morgen erschien Tine um fünf. Das erste, was sie tat, war die Mutter einzuschließen.

Sie drehte den Schlüssel in beiden Türen zweimal herum – auch in der Tür zum Schrankzimmer.

Denn vor drei Jahren hatte sich die Mutter am Geburtstage durch das Schrankzimmer über den Boden hinausgeschlichen und hatte plötzlich mitten im Gartenhaus gestanden: »Gott, da ist die Frau,« hatte Tine gesagt:

»Und Sie sind im Nachthemd!«

Die Mutter aber hatte alle Geschenke gesehen, ehe der Tisch fertig gedeckt war.

Die Kinder waren nach sechs nicht im Bett zu halten.

Sie wollten auf.

Die Mutter hatte auch keine Ruhe in ihrem Bett.

Sie sprang auf bloßen Füßen auf den Boden und donnerte an die verschlossene Tür.

»Jetzt will ich hinaus!« rief sie.

Und sie donnerte noch stärker.

Tine war aber noch nicht fertig mit dem Tisch.

Er war mit einem Damasttuch gedeckt; und von Rosen sollten lauter S auf das Tuch gelegt werden und ein S sollte auf den Geburtstagskringel gemacht werden. Es wurde aus einer Tüte daraufgespritzt, die mit Wasser und weißem Zucker gefüllt war.

Tine stand in der Küche und spritzte das Kunstwerk, während sich die Kinder um sie drängten, um zuzusehen.

Alle ihre Münder standen offen.

»So,« sagte Tine, »jetzt puste ich.«

Und mit hochrotem Kopfe pustete sie das S auf den Kringel, während die Kinder sie anstarrten.

»So,« sagte Tine, »jetzt den Schnörkel.«

Und sie pustete wieder.

Die Mutter hämmerte immer noch oben an die Tür:

»Tine, Tine!«

»Ja, ja!« rief Tine, die den Kringel trug, »Sie müssen wirklich noch dableiben.«

Die Mägde liefen mit rotangemalten Blumentöpfen in den Händen zum Gartenhaus hinunter.

Sie schenkten an jedem Geburtstage der Frau Goldlackstauden, die im Mägdezimmer bei der vielen nächtlichen Hitze aufgezogen waren.

Alle Gaben lagen an ihrem Platze auf dem Tisch, und Tine und die Kinder nahmen die Pracht in Augenschein.

Der Vater kam an der Hecke entlang gewandert.

Still legte er sein Geschenk auf den Tisch, halb versteckt, und schritt wieder davon.

»Jetzt können wir die Frau holen,« sagte Tine.

Die Kinder stürmten davon, ins Haus hinein, die Treppe hinauf.

»Mutter, Mutter – jetzt! –«

Und Tine öffnete die Tür.

Weißgekleidet liefen die Kinder der Mutter voraus, durch die grünen Hecken zum weißen Gartenhause hinunter.

»Mutter, Mutter,« schallte es in einem fort.

»Mama, Mama,« erscholl es, bis sie das weiße Gartenhaus erreichten. Und jedes der Kinder ergriff sein Geschenk und hielt es der Mutter mit ausgestreckten Händen entgegen.

»Mutter, Mutter, das ist von mir!«

»Mutter, Mutter, nein, dies ist von mir!«

Und sie standen auf den Zehen, um es ihr hinaufreichen zu können.

Einen Augenblick stand die Mutter da, weiß zwischen den weißen Kindern. Sie schaute weit über die sommerlichen Wiesen hin. Alles war in Licht gebadet: Himmel und Luft und Erde.

»Wie schön ist der Tag!« sagte die Mutter.

Und sie lächelte.

Da riß sie die Hand hoch – Tyras leckte ihr die Finger und legte sich ihr zu Füßen.

»Ach, bist du es?« sagte sie.

Und mitten im Sonnenlicht stand sie da zwischen den wilden Rosen, die Kinder um sich geschart und Tyras ihr zu Füßen.

Die Mägde kamen und die Knechte, die heute Stiefel trugen.

Sie schlichen ganz behutsam um den Teich herum, mit geducktem Nacken und Knien – sie sahen aus, als wollten sie in der Kirche den Opferpfennig erlegen.

Die Mutter drückte ihnen die Hand, einem nach dem andern.

Die Mägde schielten jede nach ihrem Geschenk hinüber und gingen dann weiter.

Zuhinterst trabte Jens, der Kuhhirt. Seine Hosen hingen hinten so traurig hinab, als käme er kondolieren.

Wenn sie glücklich alle fort waren, spülte sich die Mutter im Teich die Hände.

Tine war hinaufgegangen, um die Schokolade zu holen.

»Liebe Kinder, laßt sie uns gleich trinken,« sagte die Mutter: »dann ist es überstanden –«

Die Kinder waren weggelaufen, und sie war allein.

Still schritt sie hinein und öffnete den Brief, den der Vater auf ihren Tisch gelegt hatte.

Langsam faltete sie den Brief auseinander und las: »Dir Glück zu wünschen, kommt mir so wunderlich vor. Aber ich wünsche Dir das Beste, was das Leben Dir geben kann.

Dein Fritz.«

Die Mutter senkte wieder den Kopf.

Sie wußte selbst nicht, daß ihre Hände allmählich den Blumennamen auf dem Tischtuch zerstörten.

Da sah sie den Vater, der von der Hecke her auf sie zukam:

»Danke, mein Freund,« sagte sie und faßte seine Hand.

Und einen Augenblick standen sie da vor den vielen Gaben – beide schweigend.

Dann verschwand der Vater in der Richtung nach dem Wäldchen.

Um fünf Uhr nachmittags erschien die Bevölkerung des Ortes. Tine war zu Hause gewesen, um die Küsterfrau zu holen, die eine Sandtorte trug, eingewickelt in ein weißes Kopftuch.

Wenn die Familie Jespersen die Küsterfamilie beim Hofe des Dorfschulzen um die Ecke hatte biegen sehen, setzte sich Madam Jespersen mit den beiden Töchtern auch in Bewegung.

Madam Jespersen trug über ihrer Festperücke einen diademähnlichen Hut, an dem zwei unechte Straußfedern prangten.

Fräulein Stine war in einem schwarzen Damastkleid, das den Eindruck machte, als sei sie in diesem Aufputz konfirmiert. Übrigens war es den Kleidern Fräulein Stines eigentümlich, daß sie im-

mer aussahen, als sei sie an den Handgelenken und unten heraus-
gewachsen.

Der Geburtstag der Frau war, außer den gesetzlichen Ferien und
Festzeiten, der einzige Tag, an dem Fräulein Stine sich frei machte.

Ihr Geschenk war eine Flasche Eau de Cologne, die die Mutter
nachher in aller Stille in zwei kleine Flaschen verteilte und in der
Gesindestube verschenkte.

Fräulein Helene war in hell und munter wie eine Geiß. Ihr Geschenk, das in rosa Seidenpapier gewickelt war, bestand aus einer
Kanevasstickerei, deren Einfassung auf den Tapezierer wartete.

Fräulein Helenes Geschenke wurden regelmäßig im folgenden
Herbst an den Basar in Sonderburg für die Verlosung abgeliefert.

Die Frau des Dorfschulzen war nach dem Tode des Sohnes zum
erstenmal ausgegangen. Sie war feierlich wie ein Gesangbuch. Sie
hatte morgens einen Topf Butter geschickt. Mannsleute waren
überhaupt nicht da.

»Fritz,« sagte die Mutter, »an meinem Geburtstage wenigstens
will ich frei sein. Ein einziger Mann genügt, um störend auf das
Geklatsch zu wirken.«

Die Familie Jespersen nahm mitten im Gartenhause Platz, wo
Frau Jespersen, ohne zu fragen, im Handumdrehen die Geschenke
untersucht hatte.

Fräulein Stine drückte ihren Männermund so hart auf die Wange
der Mutter, daß es fast weh tat.

Und geniert, während sie etwas murmelte, das halb ein Glück-
wunsch, halb eine Entschuldigung war, steckte sie die Eau de Cologneflasche in Mutters Tasche.

»Ach Gott,« sagte sie und wußte wohl selber kaum, was sie sagte,
»was ist doch das Leben.«

Fräulein Helene war lauter jugendliche Unruhe. Jedes Geschenk
mußte sie graziös an sich selber probieren.

Die Küstersfrau, die neben Fräulein Stine saß, erzählte, daß Madam Esbensen vorbeigefahren sei, nach Ulkeböl zu.

Madam Esbensen war die Hebamme.

»Natürlich,« sagte die Küstersfrau, »wollte sie zu Sörensens. Ich hab's ja gesehen, als sie letzthin vorbei fuhr, wie sie den Wagensitz füllte. Es mußte ganz nahe bevorstehen.«

Das Thema interessierte alle.

»Der liebe Gott behüte sie,« sagte die Mutter, »es ist das neunte.«

Alle redeten, außer des Dorfschulzen Frau, die in ihrem schwarzen Schal stramm und gerade dasaß und, ohne ein Wort zu sprechen, drei Tassen Schokolade leerte.

Die Küstersfrau sagte plötzlich, lauter als die anderen:

»Aber sonderbar ist es, Madam Jespersen, daß jedes Kirchspiel gewissermaßen *seinen* Monat hat. Hier ist es der Mai.«

Die Mutter, die sich krümmte wie ein Kätzchen, das in die Wärme kommt, lachte und fragte:

»Aber liebste Madam Bölling, woher wissen Sie das?«

»Das kann man doch aus den Kirchenbüchern sehen,« sagte die Küstersfrau.

Und sie fügte hinzu:

»Aber die Todesfälle fallen am häufigsten in den November.«

Fräulein Stine sagte, in ihrer Schule hätten sie die meisten Geburtstage im Dezember.

Die Mutter begann über Ammen zu sprechen, während Fräulein Helene sich ein Korallenhalsband umgebunden hatte und vor dem Gartenhause mit Tyras spielte.

Durch viele kleine Schreie emanzipierte sie sich von der Konversation.

Da sagte die Mutter:

»Jetzt spielen wir.«

Und sie sprang von ihrer Bank auf und wollte Helene fangen.

»Fangt mich,« rief sie.

Tine flog hinterher.

»Fangt mich!«.

Die Kinder kamen hinter der Hecke hervor und liefen mit.

»Fangt mich!«

Die Mutter war voran.

»Fangt mich!«

Sie flogen um den Teich herum.

Stines Eau de Cologneflasche schlug gegen Mutters Beine, bis sie sie herausholte und auf den Rasen am Teiche setzte.

»Stine, Sie müssen mitspielen!« rief die Mutter.

Stine kam aus dem Gartenhaus heraus und setzte in großen Sprüngen hinter Tine her.

Die Mutter mußte sich vor Lachen an einen Baum lehnen.

Jungfer Stine sah, wenn sie lief, leibhaftig aus wie des Hühnerhändlers lendenlahme Mähre.

Mit einem Male warf die Mutter sich auf den Rasen nieder und alle andern legten sich um sie her.

»Jetzt wollen wir die Stichlinge füttern,« sagte die Mutter. Und alle warfen Krumen in den Teich hinein, wo die Stichlinge munter im Sonnenschein schwammen.

Die drei Alten saßen im Gartenhause.

Madam Jespersen hatte im geheimen die Geschenke betastet.

Tine bot Wein an, und die Gläser standen im Grase am Teich.

»Schenken Sie Stine ein,« sagte die Mutter. Jungfer Stine wurde immer so schwermütig, wenn sie ein paar Gläser getrunken hatte.

»Auch den Kindern,« sagte die Mutter.

Die Kinder bekamen Kirschwein, daß sie ganz schwindelig wurden.

Jungfer Stine aber hatte ihr Kinn in die Hände gestützt, und während die Mutter lachte und die Kinder umhertobten – der älteste Junge trank alle Reste aus den Gläsern –, deklamierte sie still in die Luft hinaus ein Gedicht aus einem alten deutschen Kalender.

»Weiter, weiter,« bat die Mutter.

Und Jungfer Stine deklamierte weiter mit ihrer Männerstimme – es klang, als lese sie die Messe.

Die Frau des Dorfschulzen hatte sich erhoben. Schweigend streckte sie die Hand aus zum Abschied, und die Mutter begleitete sie bis an die Hecke.

Die andern folgten ihr bald, und die Mutter sagte zu Tine:

»Räumen Sie das weg, Tine.«

Sie wies auf die Gläser und Teller, und schweigend setzte sie sich in die hinterste Ecke des Gartenhauses.

»Das alles auch,« sagte sie.

Sie meinte die Geschenke, und ihre Stimme klang, als ob das bloße Anschauen der Sachen ihren Augen weh täte. Tine ging umher und nahm alles fort.

Die Stimmen der Kinder schallten laut draußen im Hofe ...

Als Tine zurückkam, saß die Mutter und las in einem alten Buch.

Tine setzte sich still zu ihr.

»Was lesen Sie?« fragte sie.

»Ein Gedicht,« sagte die Mutter.

»Was für eins?«

Die Mutter wendete das Blatt im Buche um und, als lese sie es für sich selber, wiederholte sie das Gedicht:

> Ich träumte einen schönen Traum:
> in der Wüste war ich.
> Dort war nur Sand und Sand,
> und nichts als Sand.
> Doch plötzlich erblickte
> mein erschrockenes Auge
> ein furchtbares Gesicht:
> die Raubtiere der Wüste schritten
> in endlosem Zuge daher.
> Zuvorderst gingen die Löwen

mit weißen Zähnen;
Tiger und Panther kamen
mit ihrem fleckigen Fell.
Doch hinterdrein schritten Hyänen,
deren kranke Gier nach Aas steht.

Es waren die Triebe des Menschen,
welche die Wüste absuchten.
Doch das Traumbild wechselte.
Und ich stand einsam
auf einem mächtigen Felde.
Das Feld aber war die Erde.
Und über der ganzen Erde
lagerte nächtliches Dunkel. –
Aus dem Dunkel hervor
ragte ein Kreuz, so groß,
als wolle sein gewaltiger Arm
Himmel und Erde umschlingen.
Tiefe Stille ringsum.
Nur dann und wann
vom Kreuze ein Tropfen fiel.
Und wieder wurde es still,
bis der nächste Tropfen rann.
Und abermals alles schwieg,
bis der nächste Blutstropfen fiel.
Dein Blut war es,
Gekreuzigte Menschheit.

Die Mutter schloß das Buch.

Den Kopf an die Wand ihres Gartenhauses gelehnt, starrte sie, bleich und stumm, in die Schönheit des Sommerabends.

»Tine,« sagte sie plötzlich.

Und Tine fuhr zusammen, denn die Mutter hatte ihren Namen gerufen fast wie einer, der um Hilfe fleht.

Aber die Mutter saß noch in derselben Stellung da, und sie flüsterte nur einige Worte, die Tine nicht verstand.

»Außerhalb Veronas gibt's keine Welt,« flüsterte sie.

Und sie schwieg wieder.

Nach einer Weile sagte sie:

»Tine, wissen Sie, was die Wahrheit ist – wenn man in meine Seele hineinsehen könnte, wie man durch eine Glasscheibe in ein Haus sieht, so würde man zwischen all dem Hausgerät da drinnen nicht einen Wunsch finden, keine einzige Hoffnung, nicht einmal den Schatten von einem Traum.«

»Dann wäre es besser zu sterben.«

»– Sterben, Tine, ist auch nicht das Schwerste – – – jeden Tag versuchen zu leben, das ist viel schwerer ...«

Stumm blieb sie sitzen, die Hände um die Knie, und flüsternd wie vorhin bewegte sie die Lippen zu Versen, die Tine nicht kannte.

> In seiner stillen Kammer,
> In ferner stillen Kammer
> Liegt mein Herz,
> Liegt meines Herzens Leiche.
>
> Und niemand weint
> Über dem toten Herzen:
> Denn es wurde nur
> Von Einem geliebt.
>
> Wer selber stirbt
> An seines Herzens Todestag,
> Der kann nicht weinen
> An seines Herzens Leiche.
>
> In seiner stillen Kammer,
> In seiner stillen Kammer
> Liegt mein Herz,
> Liegt meines Herzens Leiche.

Es wurde abends nicht mehr gesungen, und den Kindern wurde nie erlaubt, ehe sie zu Bett gingen, in ihren Nachtkleidern in der Wohnstube herumzutanzen.

Die Tanten waren angekommen.

Sie benutzten den Ort als Aufenthalt zur Nachkur, wenn sie von der Badereise kamen.

Sie sprachen mit gedämpfter Stimme, waren schlank wie ein Licht und trugen stets Halbhandschuhe.

Sie waren sehr ängstlich in bezug auf die Wege und führten stets einen Regenschirm mit, aus Rücksicht auf die Möglichkeit eines Regens.

»Liebste,« sagten sie zur Mutter, »ein nasser Strumpf am Fuß, auch nur eine halbe Stunde lang, und man hat seine Bronchitis, die wochenlang dauert.«

Die Mutter, die während des Nachkurbesuchs weiß vor Angst war, sagte ja zu allem und trug Baregekleider. Eigentlich denken tat sie den ganzen Tag lang nur an eins, ob die Kinder wohl wieder Unordnung in das Regiment von Tanten-Galoschen gebracht hätten.

Tine sah sie morgens.

Es war wie eine Art stillschweigender Verabredung, daß Tine während der Tantenkur aus dem Hause verschwand. Die Mutter und sie trafen sich in der Zeit fast wie ein paar Schmuggler. Morgens aber mußte sie da sein, um die Mutter aus dem Bett zu holen.

Die Kur der beiden Tanten forderte, daß sie ihr Lager um sieben Uhr verließen, und sie waren präzis wie eine Domuhr.

»Nun müssen Sie aufstehen,« sagte Tine.

»Ja, Liebste, wie spät ist es?«

Die Mutter liebte ihr Bett, und den Freiheitszustand, im Nachthemd zu sein.

»Aber jetzt müssen Sie aufstehen.«

»Ja – –.«

Endlich war sie aus dem Bett heraus.

Wenn sie zu den Tanten hinunter kam, hatte sie eine große, weiße Schürze vorgebunden und sah aus, als hätte sie von fünf an, wenn die Buttermaschine in Gang gesetzt wurde, im Hause gewirtschaftet.

Die beiden Tanten saßen, mit sehr steifen Rücken, jede an ihrer Seite des Tisches in der Gartenstube und warteten auf ihren Tee. Sie machten, wenn sie ihren kurgemäßen Morgenspaziergang antreten wollten, völlig den Eindruck von Reisebereitschaft. Kleider und Röcke waren mittels eines Systems von Haken in die Höhe gerafft, und auf den Köpfen trugen sie Hüte, groß wie Körbe, in denen man Totenkränze verschickt.

Diese Ungeheuer waren mit Spitzen garniert, die ihnen über die Augen hingen. »Ja, lieber Gott,« sagten sie mit Bezug auf die Spitzen, »das erste, was man beschützen muß, sind doch die Augen.«

Die Mutter sagte: »Sie sehen aus, als wollten sie nach Jerusalem pilgern.«

Sie gingen nicht in den richtigen Garten aus Angst vor den Fröschen, die sie verabscheuten.

»Es wimmelt davon, und sie hüpfen an einem empor .. es ist fast noch schlimmer als voriges Jahr.« Außerdem war der Weg durch den Küchengarten sechsmal hin und sechsmal zurück gerade die richtige Entfernung. Beim Gehen sprachen sie nicht.

»Der Arzt in Genf hat recht,« sagte Tante Bothilde, »man soll es nicht tun. Man soll gehen und seinen Nerven Ruhe gönnen.«

Bei jeder zweiten Schwenkung genossen sie ein Schokoladeplätzchen.

»Das ist das Vortreffliche an der Schweizer Schokolade,« sagten sie, »sie stärkt, ohne einem den Appetit zu benehmen. Die hiesige Schokolade, Liebste, das ist ja, als wenn man lauter Klumpen in den Mund bekommt.«

»Aber, das versteht sich, selbst in der Schweiz muß man die Marken genau kennen.«

Wenn die Tanten zurückkamen, ruhten sie. Das heißt, sie schliefen zwei Stunden, in wollene Decken eingewickelt.

»Liebes Kind,« sagte Tante Bothilde, »Wolle ist das einzige. Die Franzosen, ein Volk, das sich rüstig erhalten will, benutzen immer wollene Matratzen.«

»Über ihrer Sprungfedermatratze,« fügte sie nach Verlauf einer Sekunde hinzu.

»Liebe,« sagte Tante Anna, »Franzosen sind eben Franzosen.«

Die Angst der Mutter wuchs noch im Lauf des Tages. Die Mahlzeiten waren ihre Schreckensstunden. Man konnte ja nicht behaupten, daß die Kinder korrekt bei Tisch saßen.

Und das »Zutischsitzen« war die Spezialität der Tanten.

»Man muß doch zugeben,« sagte Tante Bothilde, »daß es von Wichtigkeit ist. Und lernt man es nicht in der Kindheit, so lernt man es nie ...«

»Ich kann dir die Versicherung geben: wenn dieser Stockfeldt es niemals zum Staatsminister brachte, so war es, weil er mit dem Messer aß.«

Eine Stunde vor Mittag begann die große Abseifung der Kinder.

Die Mutter stand daneben, während das Kindermädchen die Körper der Kinder mit Schwämmen bearbeitete, als hobelte sie rauhe Bretter ab.

»Anna Margrete,« sagte die Mutter, »passen Sie ja auf die Nägel.«

Anna Margrete bürstete die Nägel, als wolle sie den Kindern die Fingerspitzen abbürsten. »Sie sind noch nicht rein,« sagte die Mutter, »der Himmel mag wissen, wo ihr wieder herumgewühlt habt.«

»Und die Ohren,« sagte die Mutter.

»Lassen Sie mich!«

Sie machte sich selber über die Ohren her.

»Und hat man sie dann endlich rein,« sagte sie verzweifelt, »dann werden sie rot.«

Rot wurden sie.

Nun kam das Anziehen, auf allen Kleidern waren Flecke.

Die Mutter rieb und rieb mit Handschuhleder und Eau de Cologne.

»So, in Gottes Namen, nun muß es gehen,« sagte die Mutter.

Der Vater führte die Tanten zu Tisch. Sie waren in schwarz- und weißgestreifter Seide – ihren Table d'hote-Kleidern vom Bade – und trugen viele Ringe, die an den sehr abgemagerten Fingern gleichsam klapperten. Sie brachten zwei Pulverschachteln mit, die sie neben ihren Teller stellten.

Die Augen der Kinder waren starr vor Angst. Sie beklecksten sich sofort.

Die Mutter führte eine lebhafte Konversation, um die Aufmerksamkeit abzulenken – sie bekam vor Aufregung hektische Flecke auf ihren Wangen – sie sprachen von Kopenhagen und allen Bekannten dort:

»Ja, sieh mal,« sagte Tante Bothilde, »Jane ist ja furchtbar nett, aber sie hat ihre Eigenheiten. Man kann ja wirklich kaum den Fuß unter ihren Tisch setzen, so fängt sie schon von den Konfessionen an. Kleiner,« wendete sie sich plötzlich an den ältesten Jungen, »ein artiges Kind schiebt die Brust heraus und die Schultern in die Höhe, wenn es ißt. Dann sitzt man gerade ... – Und ich finde nun,« fuhr sie ohne Übergang fort, indem sie zu Jane und den Konfessionen zurückkehrte, »solche Sachen darf man nicht beim Essen diskutieren.«

»Man kann am ersten Weihnachtstag beim Bischof essen, und die Religion und derartiges wird mit keiner Silbe erwähnt. Das paßt doch wahrlich nicht zu geschliffenen Gläsern und Porzellan.«

Tante Anna ging dazu über, von Kristall und Porzellan überhaupt zu reden.

Sie sprach von einer Glashütte in Südfrankreich.

»Wo man,« sagte sie zum Vater, »wirklich wunderbare Sachen bekommt ... Aber, Lieber, jetzt fällt mir ein, weshalb sieht man dies Jahr nie deine schönen, geschliffenen Karaffen, die zum Madeira.«

Das Blut schoß der Mutter ins Gesicht – bei den Tanten ging nie etwas kaputt.

»Ja, Margrete hat – du entsinnst dich – sie hat – hat unglücklicherweise die eine zerschlagen ..«

»Richtig, wo ist Margrete? Das nette Mädchen, ich besinne mich so gut auf sie, diese nette, muntere kleine Person,« sagte Tante Bothilde.

»Sie machte leider Dummheiten, und da mußte sie aus dem Hause ...«

»Sie auch,« sagte Tante Anna.

Tante Bothilde aber fiel mit einem schnellen Blick auf die Kinder dazwischen:

»So!«

Dieses einzige »So« klang, als würde eine eiserne Pforte zugeschlagen.

Und es wurde nicht mehr von den Karaffen geredet.

»Kleine Stella,« hörte man nach einer Pause, »ein kleines Mädchen schlägt bei Tisch die Füße nicht übereinander.«

Die Schwester zuckte so heftig zusammen, daß sie die Gabel fallen ließ.

»So, nun hast du dir einen Fleck auf das Kleid gemacht,« sagte die Tante, und halb entschuldigend sagte sie, zur Mutter gewendet: »Liebste, du weißt, solche Dinge kommen nur vom beständigen Verbieten.«

Und bei ihrem Lieblingsthema angelangt, schloß sie damit, daß sie sagte:

»Man lehrt die Kinder nur dadurch anständig bei Tisch sitzen, daß man sie während des Essens die Ellbogen dicht an den Körper halten läßt.«

Die Mahlzeit war zu Ende, und der Kaffee sollte in der Gartenstube eingenommen werden.

Die Kinder waren aus der Eßstube mit einer Hast hinausgestürzt, daß sie draußen im Gange übereinanderfielen.

»Aber,« sagte Tante Anna, sie hatte kaum Platz genommen, »das kann ich nicht vergessen, Margrete, dies hübsche, muntre kleine Mädchen ...«

»Mit den Hübschen ist es immer am schlimmsten,« warf die Mutter ein, die den Kaffee filtrierte.

»Aber,« bemerkte Tante Bothilde, »es passiert ja buchstäblich jedes Jahr in eurem Kirchspiel.«

Die Mutter lächelte hinter der Maschine:

»Ja,« sagte sie, »mehrmals.«

Tante Bothilde war einige Minuten still.

Darauf sagte sie:

»Wir und unseresgleichen begreifen das ja nicht. Aber, Gott sei Dank, es geht uns ja nichts an.«

Tante Anna bemerkte:

»Ja, du, es passiert gewiß viel im Leben ... das Beste ist, zu tun, als sähe man es nicht ... die Sache ist ja nicht so einfach. Aber die Leute haben ja auch keine Erziehung.«

Die Mutter lächelte noch immer.

»Ob das hilft?« sagte sie.

Und ohne an die Tanten zu denken fügte sie hastig hinzu: »Das Unglück ist wohl, daß die Natur so grausam gewesen ist, Tiere zu schaffen, die denken. Erst paart das Tier sich und nachher ekelt sich der Mensch.«

Tante Bothilde saß wie versteinert, sie konnte kaum zu Worte kommen:

»Hör mal, du sagst mitunter Dinge ... du sagst Dinge, ... wir sind doch wohl alle Gottes Geschöpfe.«

Wenn die Tanten mit dem Kaffee fertig waren, schlummerten sie.

Tante Anna legte in aller Stille das Taschentuch über ihr Gesicht.

Wenn sie geruht hatten, wurde gelesen. Die Schwestern wechselten ab. Um in der Übung zu bleiben, lasen sie die belletristischen Sachen der drei Weltsprachen.

Tante Bothildes Lieblingsdichter war Dickens.

»Ja, man erfährt von dem Mann doch wirklich viel über die Menschen. Mit Goethe ist es ja ganz schön. Aber er wirkt mit samt seinem Weimar auf mich, als wäre er von Stein.«

Tante Anna zog die weiblichen Schriftsteller vor, und darüber entstand ein lebhafter Zank.

»Die Sprache mag ja,« bemerkte Tante Thilde, »sehr hübsch sein, aber der Inhalt ... es ist ja fast immer nur von der Liebe die Rede. –

Und über das Stadium kommt man ja doch, Gott sei Dank, hinaus. Außerdem kann man im Leben genug davon haben.«

Vor dem Tee gingen die Tanten wieder spazieren. Diesmal in der Allee.

Nach dem Tee saßen sie eine halbe Stunde auf der Gartentreppe und tranken Luft.

»Man spricht immer vom Wasser,« sagten sie. »Das Wichtigste ist die Luft. Wenn die Menschen klug wären und bei offenem Fenster schliefen, würden sie hundert Jahre alt.«

Nach Verlauf von sechs Wochen war die Nachkur beendigt. Sie reisten auf den Tag ab.

Das Letzte, was sie unternahmen, war die Verteilung von in Papier gewickelten Trinkgeldern.

Wenn die Tanten fort waren, kam eine andere Zeit. Die Freundinnen der Mutter statteten einen Besuch ab. Es waren die Töchter von dem Gute, wo sie erzogen war. Sie wirkten wie bunte Vögel, die weit her kamen.

Acht Tage lang leuchteten ihre Sonnenschirme auf den Gartenpfaden.

Die Fenster standen offen, so daß Haus und Garten ineinander übergingen, es summte von fremden Namen, und der Briefträger brachte Briefe, deren Aufschrift niemand in der Küche herausbuchstabieren konnte.

Es war die heiterste Zeit im ganzen Jahr. Die Freundinnen trugen Krinolinen, die in den Augen der Kinder aussahen wie die großen umgekehrten Kronleuchter drüben in Kopenhagen, in der Amalienstraße, und Mantillen mit langen Zipfeln. Fuhren sie aber aus, so hatten sie Straußfedern auf den Köpfen, ganz wie Zampa, das kleine Pferd, das sie in Augustenburg gesehen hatten und das am Tisch sitzen und mit einer kleinen Glocke nach seinem Essen schellen konnte. Alle plauderten sie durcheinander – Mamas Freundinnen. Aber am meisten redete Lady Lipton.

Sie wohnte weit weg, in einem fremden Lande, und sie kannte viele von den reichsten und vornehmsten Leuten. Der Vater führte sie mittags immer zu Tisch.

Wenn sie aber gegessen hatten, tranken sie Kaffee in der Gartenstube, und dann erzählte Lady Lipton. Sie erzählte von der Rachel, die sie liebte, und vom Kaiserhofe in den Tuilerien und von vielen fernen und sonderbaren Menschen, die sie kannte – während die Mutter lauschte.

»Erzähle weiter,« bat die Mutter, und die Lady erzählte weiter; von den Dichtern des großen Landes, unter denen sie lebte, von seinen Malern, deren Gemälde sie besaß, und am liebsten von einem wunderlichen und seltsamen jungen Dichter aus einem exotischen Lande, den sie in einer großen Stadt, wo allerlei Existenzen sich zusammenfinden, getroffen hatte, und dessen Bild sie auf ihrem Tisch oben im Fremdenzimmer stehen hatte. Die Mutter hörte auch am liebsten von ihm.

» *Ma chère,*« sagte die Lady, »ich glaube, das Leben ist ihm entglitten. Er hat die Kunst vergessen, da zu sein. Er kann seinen hohen Hut nicht mehr glatt streichen, und er mag seine Handschuhe nicht mehr zuknöpfen, um einen Besuch zu machen; er vermag es nicht mehr, alle die mechanischen Dinge zu tun, aus denen das Leben besteht: wie zum Beispiel zu seinem Barbier zu gehen, oder seinen Kaffee in einem Kaffeehause zu trinken, oder sich mit einer liebenswürdigen Dame zu Tisch zu setzen und einen gepuderten Hals zu betrachten ...«

»Das verstehe ich,« warf die Mutter ein.

»Er empfindet gewiß keine Trauer,« sagte die Lady, »und er ist nicht desillusioniert, denn was die Illusionen betrifft, so sind sie ganz sicher bereits von seinen Vorfahren aufgezehrt.«

Sie schwieg eine Weile, dann sagte sie:

»Man könnte noch am ersten sagen, daß er zu den *désintéressés* gehört. Die Lebensdinge sind ihm gleichsam zu lauter Gleichgültigkeiten verwelkt, zu Lächerlichkeiten oder Ähnlichem, über das er sich höchstens wundern kann.«

Die Lady lachte plötzlich.

»Nie werde ich vergessen,« sagte sie, »wie er eines Tages zu mir kam und plötzlich ›Le Figaro‹, der auf meinem Tisch lag, auseinanderfaltete, und, indem er mit seiner schlanken Hand über die jämmerliche Zeitung hinwies, mit unbeschreiblichem, müdem Abscheu – nein Abscheu nicht, mit mattem Erstaunen mir sagte:

»Alles das handelt vom Krieg mit China.«

Die Lady schwieg einen Augenblick, dann sagte sie:

»Das ist wohl die Sache, für ihn ist alles zum Krieg mit China geworden.«

Die Mutter reichte die Tassen herum.

Dann sagte sie still:

»Vielleicht liebt er – oder hat geliebt.«

Die Lady antwortete:

»Das glaube ich nicht, *ma chère.* – Es gibt in allen großen Ländern merkwürdige Menschen, denen – ja, wie soll ich es sagen – die rein physische Seite der Liebe unüberwindlichen Abscheu einflößt. Sie werden Asketen aus Raffinement, und sie begehren beständig, während sie die Befriedigung verdammen –

René gehört zu ihnen.

Es treibt ihn zu den Frauen, und hält er sie nur im Arm, überhäuft er sie mit Schimpfworten.«

»Dann liebt er nicht,« sagte die Mutter.

Die Lady schwieg. Darauf sagte sie:

»Ist Liebe etwas anderes, als Begierde fühlen und sich dessen schämen?«

»Weißt du keines seiner Gedichte?« fragte die Mutter.

»Ein einziges,« antwortete die Lady.

»Sag es uns,« bat die Mutter.

Die Lady lehnte sich in ihrem Stuhl zurück, und in ihrer etwas fremdartigen Sprache, die den Worten einen seltsamen Klang verlieh, sagte sie langsam:

Ich liebe dich, so wie das Meer den Strand,
den weiten Strand, den es bespült,
verdeckend ihn, bedeckend ihn vollständig
mit ewgem Kuß.
So wie der Liebende,
wenn er von ihrer Füße Sohlen
bis zu dem schönen Bogen ihrer Schläfen
die Lippen führet,
den ganzen Körper der geliebten Frau entlang,
um, selig, alles zu besitzen ...
So liebe ich dich –
So.

Nein, ich liebe dich, so wie die Sonne liebt
die goldenen Abendwolken,
die ganz sie fassen und umfassen,
wenn stolz, zum letztenmal, sie grüßet
der Erde jammervolle Herrlichkeit und stirbt.

»Du kannst noch ein anderes,« sagte die Schwester der Lady.

»Ja,« antwortete die Lady, »ich kann noch eins.« Und in derselben Stellung, ohne sich zu regen, sprach sie, und ihre Altstimme färbte sich weicher:

Wenn in den langen Nächten
ich einsam ruhe
und niemand schaut mein Antlitz
und niemand meine trocknen Augen –

dann denke ich:
Wenn tot ich wäre,
würdest du doch kommen
und niederknien,
dort, wo ich ruhte.
Und meine Hand, die jetzt du meidest,
würdest du fassen,
meine kalte Hand,
und in mein Ohr,
das dich nicht hörte mehr,
würdest du flüstern
mit deiner Stimme Klang von damals:
Wie ich dich liebte. – –
Und der Tote würde lächeln.

Die Mutter hatte sich gesetzt und starrte mit großen Augen vor sich hin, während sie die Hände um die Knie gefaltet hielt. Dann flüsterte sie:

»Sage es noch mal, bis ich es kann.«

Die Lady lachte:

»Du kannst es ja schon,« sagte sie.

»Ja, das letzte.«

Und sehr sanft, fast unhörbar, wiederholte sie die fremden Worte, während ihre weißen Hände noch immer um ihre Knie gefaltet waren:

Ich liebe dich, so wie die Sonne liebt
die goldnen Abendwolken,
die ganz sie fassen und umfassen,
wenn stolz, zum letztenmal, sie grüßet
der Erde jammervolle Herrlichkeit und stirbt.

Alle schwiegen.

Dann sagte Lady Lipton:

»Aber auf sein Bild oben hat er den Vers geschrieben, den ich am meisten liebe.«

»Den weiß ich,« sagte die Mutter.

Und mit einer Stimme, fast als summe sie ein Wiegenlied, sprach sie den kleinen Vers vom Bilde – vom Bild des fremden und unbekannten Dichters:

Wie die Pflanze welket,
weil ihre Wurzel ohne Nahrung ist,
wie die Blume verblaßt,
weil die Sonne sie nicht erreicht,

so verwelke ich, und so verblasse ich, denn du hast mich nicht lieb. – –

Sie schwiegen wieder, bis plötzlich eine von den Schwestern der Lady zu lachen anfing und sagte:

»Kinderchen, es wäre nicht so übel, von dem jungen Manne geliebt zu werden.«

Und sie lachten alle laut auf, die Mutter am lautesten, und liefen alle in den Garten hinaus und warfen sich ins Gras, daß die Krinolinen hoch in die Höhe stiegen.

Abends war es am allerlustigsten.

Die Freundinnen hatten Feuerwerk mitgebracht; und sie brachten bengalische Flammen, blaue und grüne, in allen Büschen an und waren nahe daran, den ganzen Garten in Brand zu stecken.

Die Mutter zündete sie mit den Streichhölzern an und klatschte in die Hände.

Die Kinder sahen vom Kinderzimmer aus in ihren Nachtkleidern zu.

»Wie schön ist das, wie schön ist das,« rief die Mutter.

Von allen Büschen flammte es auf, blau und rot, sie selbst stand mitten auf dem Rasenplatz. Ihr bleiches Gesicht war aufwärts gerichtet, und die Hände hatte sie emporgereckt.

Dann sagte sie plötzlich:

»Aber die Sterne sind doch schöner.«

Und während die künstlichen Lichter langsam erloschen, eins nach dem andern, und das Boskett im Finstern lag, schauten sie alle empor zu den Sternen der Augustnacht.

»Zeige uns jetzt deine Sterne,« sagte Lady Lipton.

Die Mutter schüttelte den Kopf:

»Nein,« sagte sie, »jetzt wollen wir still sein.«

Sie blieb stehen, und die Freundinnen wurden schweigsam wie sie.

Kurz darauf gingen sie hinein. In den Stuben war es dunkel und kühl. Sie setzten sich alle in die Wohnstube, und niemand sprach. Schließlich sagte die Mutter:

»Ich glaube, die Sterne sind für die Traurigen da, damit sie verstehen sollen, daß es keinen Zweck hat, zu trauern, denn selbst unsre Trauer ist zu klein.«

Niemand antwortete.

Aber die Mutter erhob sich und setzte sich in der dunkeln Stube ans Klavier.

Die weißen Hände glitten über die Tasten, und während sie langsam – ganz langsam – einige Akkorde anschlug, sang sie leise, zu einer Melodie, die sie selbst gefunden hatte, die fremden Worte:

> Wie die Pflanze welket,
> weil ihre Wurzel ohne Nahrung ist,
> wie die Blume verblaßt,
> weil sie die Sonne nicht erreicht,
> so verwelke ich, und so verblasse ich,
> denn du hast mich nicht lieb. – –
> Alles war still.

Über dem Garten, über den Feldern, über allen Wiesen funkelten die Sterne des Herbstes.

Die Freundinnen reisten ab, und die Erntezeit rückte heran, wo die schwerbeladenen Getreidewagen durch das Hoftor hereinrollten und die Mutter und Tine hoch oben auf dem Fuder neben den Mägden saßen, während die Kinder sich jauchzend in der Scheune wälzten, die gefüllt wurde.

Die Mutter sprang herunter, in Lars' Arme, und schrie:

»Halte mich, halte mich!«

Hinterher hatte sie solche Angst vor Ohrwürmern, daß sie sich bis auf die Haut entkleidete.

Auch die Erntezeit verrann, und die stillen, weißen Tage des Septembers kamen, der Garten lag leuchtend und ganz einsam da, und kaum eine Mücke summte über dem Teich.

Die Mutter saß meistens auf der weißen Treppe und ließ sich von der Sonne braten, während Tine zu ihren Füßen im Garten hantierte. Die Pappeln in der Allee bekamen gelbe Blätter und wurden gleichsam höher in der dünnen, klaren Luft.

Die Mutter schauerte zusammen:

»Wie lang die Schatten werden,« sagte sie.

Tine band die Rosen auf und sah über die Rasenplätze hin:

»Ja,« antwortete sie, »wir sind schon weit im Jahr.«

Die Mutter aber, die über die sonnenhellen Beete hinstarrte, wo nichts sich regte und alles glänzte, Blätter und Astern und die späten Rosen, sagte:

»Tine, irgendwo muß es doch Frieden geben: im Tode.«

Es wurde früh dunkel, und Tine und die Mutter und die Kinder gingen durch die Allee über die Felder hin, wo die Brombeerranken in den Gräben wucherten.

Sie begegneten niemandem, überall war es still. Hinter sich sahen sie, wie die Lichter des Dorfes, eins nach dem andern, angezündet wurden. Dann läuteten die Abendglocken.

Die Mutter blieb stehen; die Kinder hatten sich an sie geschmiegt. So weit sie blickte, lagen nur die weiten Felder und dort im Halbdunkel die stummen Lichter des Dorfes. Der Himmel war finster und ohne Sterne.

Lange redete niemand von ihnen. Dann sagte die Mutter, die im Dunkeln so groß aussah:

»Wissen Sie, Tine, hier sollte man die Menschen hinführen, die leiden.«

Kurz darauf aber sagte sie – und ihre Stimme war unbeschreiblich müde:

»Und doch, es würde nichts nützen. Ich glaube, die Schönheit der Erde erhöht nur das Leiden der Seele:

Es *gibt* keinen Trost.« –

Sie schritten weiter über die halbdunklen Felder. Die Glocken hatten aufgehört zu läuten, und man hörte keinen Laut außer dem Bellen einiger Hunde. Dann erstarb auch das.

»Wir wollen nach Hause gehen,« sagte die Mutter. Aber wenn sie nach Hause kamen, spielten die Kinder in der Wohnstube Zirkus in ihren Nachtkleidern. –

Die Pfarrer aus der Nachbarschaft kamen zum L'Hombre. Sie kamen herangerasselt in alten Kaleschen, mit dicken, rotbackigen Kutschern auf dem Bock; der Spieltisch wurde in Vaters Stube aufgestellt, wo der L'Hombre gespielt wurde, während man vor dem Rauch aus den langen Pfeifen nicht die Hand vor Augen sehen konnte.

Der alte Fangel fluchte und schimpfte, daß die Regale bebten und Mynsters Betrachtungen tanzten. Die Kinder, die nicht schlafen konnten, sprangen aus den Betten und bekamen Zwetschen, damit sie wieder ins Bett gingen.

Die Mutter spielte Klavier.

In Vaters Stube wurden sie immer hitziger und hitziger, die Groggläser wurden gefüllt, und der alte Fangel fluchte.

Der Morgen konnte anbrechen, und die Pastoren spielten noch.

»Nun spielen wir die letzte Partie auf dem Rasenplatz,« sagte der alte Fangel.

»Ja, tun Sie das, tun Sie das,« sagte die Mutter.

Die Pastoren verließen ihre Stühle – etwas unsicher waren sie auf den Beinen – und zogen durch die Wohnstube.

»Herrgott,« sagte Fangel, »so sieht man Gottes liebe Sonne wieder.«

Sie wackelten die Gartentreppe hinunter, ihre Groggläser wurden auf den Rasen gestellt, und auf dem Bauche liegend, spielten sie und schlugen dabei mit den fetten Händen ins Gras.

Die Mutter saß auf der Gartentreppe und lachte, lachte –

Doch legte sie dem alten Fangel eine wollene Decke über.

Aus dem Dorfe kamen Leute die Allee hinauf und gingen an ihnen vorüber.

»Guten Morgen,« sagten sie und nahmen still den Hut ab vor den geistlichen Herren.

»Guten Morgen, guten Morgen,« sagte der alte Fangel.

Die Sonne aber konnte hoch am Himmel stehen, und die Pastoren spielten immer noch.

Die Tage wurden kürzer und kürzer, an den Bäumen lichtete sich das Laub, und die allerletzten Rosen froren am weißen Hause entlang.

An der Südwand hingen noch die Trauben, voll und groß.

Die Mutter besah sie jeden Tag.

»Morgen wollen wir sie pflücken,« sagte sie zu Tine.

Am andern Tage holte sie eine Leiter herbei, und auf der obersten Stufe stehend, einen Korb in der Hand, pflückte sie die reichen, schweren Trauben.

Nun aß sie, und nun warf sie Tine eine Traube an den Kopf:

»Nimm sie, fang sie!« rief sie.

Die Leiter wurde weiter gerückt, und sie pflückte und pflückte.

Ganz oben stand sie. Aus Scherz hielt sie eine Traube an ihr dunkelschimmerndes Haar, während sie eine andere in der erhobenen

Hand hielt. Die Sonne fiel auf sie, auf die funkelnden Trauben, auf das glänzende Haar.

Der Großknecht ging vorüber und blieb stehen.

Da warf ihm die Mutter die Traube gerade ins Gesicht:

»Ja, schön kann ich aussehen,« sagte sie und stieg die Leiter hinunter.

Sie ließ die Leiter wegnehmen, und Tine begann die Trauben zu zählen.

Die Mutter stand lange und betrachtete den nackten Weinstock.

Ihr Gesicht war wie verändert:

»Jetzt ist es vorbei,« sagte sie.

Sie ging hinein, ohne die Trauben zu beachten, und blieb lange, die Hände im Schoß, in ihrem Stuhl am Fenster sitzen, ganz im Dunkeln.

Drinnen in seinem Zimmer hörte man den Vater auf und ab gehen.

Draußen in der Küche hörte man Tine mit den Trauben herumwirtschaften, und die Stimmen der Leute, die hereinmußten und ihr Urteil über die Ernte abgeben. Tine kam in die Wohnstube und berichtete, wieviel Trauben es gewesen.

»Das waren ja viele,« sagte die Mutter.

»Ja – zehn mehr als voriges Jahr,« antwortete Tine.

»So.«

Im Hofe war es ganz finster.

Jens, der Kuhhirt, hatte seine Laterne angezündet, als er zum Vieh hinein ging.

Als er die Tür öffnete, brüllten die Kühe lang auf.

Die Mutter erhob sich von ihrem Platz. Wie ein Schatten glitt sie durch das Dunkel der Stube.

Sie setzte sich ans Klavier.

»Sind Sie da, Tine?« fragte sie.

»Ja, gnädige Frau.«

»Wissen Sie, ich saß eben und dachte daran, wie die Menschen glücklich sein könnten.«

»Aber es gibt ja auch überall glückliche Menschen,« antwortete Tine.

Die Mutter hob das bleiche Gesicht und sagte langsam:

»Es gibt genügsame Menschen, Tine, das mag wohl sein.«

Tine dachte eine Weile nach.

»Ja, Gottlob, es gibt ja so viele Arten Glück,« sagte sie.

Die Mutter schwieg. Dann sagte sie:

»Nein, Tine, ich habe Ihnen früher schon einmal gesagt, es gibt nur ein Glück, und der ist vielleicht am glücklichsten, der es nie gekannt hat.«

»Das verstehe ich nicht,« sagte Tine.

»Ja, denn es dauert nicht.«

Es war eine Weile still, bis Mutters schöne Hände über die Tasten glitten, und mit gedämpfter Stimme, während man den Vater an seiner Tür wie einen Schatten stehen sah, sang sie:

Wie die Pflanze welkt,
weil ihre Wurzel ohne Nahrung ist,
wie die Blume verblaßt,
weil sie die Sonne nicht erreicht;
so verwelke ich, und so verblasse ich,
denn du hast mich nicht lieb.

Der Gesang hörte auf.

Draußen war es Nacht. Drinnen war es dunkel. Die Mutter erhob sich.

»Zünden Sie die Lampe an, Tine,« sagte sie. »Die Kinder müssen ins Bett, und die Leute müssen Abendbrot bekommen.«

Über tredition

Eigenes Buch veröffentlichen

tredition wurde 2006 in Hamburg gegründet und hat seither mehrere tausend Buchtitel veröffentlicht. Autoren veröffentlichen in wenigen leichten Schritten gedruckte Bücher, e-Books und audio-Books. tredition hat das Ziel, die beste und fairste Veröffentlichungsmöglichkeit für Autoren zu bieten.

tredition wurde mit der Erkenntnis gegründet, dass nur etwa jedes 200. bei Verlagen eingereichte Manuskript veröffentlicht wird. Dabei hat jedes Buch seinen Markt, also seine Leser. tredition sorgt dafür, dass für jedes Buch die Leserschaft auch erreicht wird.

Im einzigartigen Literatur-Netzwerk von tredition bieten zahlreiche Literatur-Partner (das sind Lektoren, Übersetzer, Hörbuchsprecher und Illustratoren) ihre Dienstleistung an, um Manuskripte zu verbessern oder die Vielfalt zu erhöhen. Autoren vereinbaren direkt mit den Literatur-Partnern die Konditionen ihrer Zusammenarbeit und partizipieren gemeinsam am Erfolg des Buches.

Das gesamte Verlagsprogramm von tredition ist bei allen stationären Buchhandlungen und Online-Buchhändlern wie z. B. Amazon erhältlich. e-Books stehen bei den führenden Online-Portalen (z. B. iBookstore von Apple oder Kindle von Amazon) zum Verkauf.

Einfach leicht ein Buch veröffentlichen: **www.tredition.de**

Eigene Buchreihe oder eigenen Verlag gründen

Seit 2009 bietet tredition sein Verlagskonzept auch als sogenanntes "White-Label" an. Das bedeutet, dass andere Unternehmen, Institutionen und Personen risikofrei und unkompliziert selbst zum Herausgeber von Büchern und Buchreihen unter eigener Marke werden können. tredition übernimmt dabei das komplette Herstellungs- und Distributionsrisiko.

Zahlreiche Zeitschriften-, Zeitungs- und Buchverlage, Universitäten, Forschungseinrichtungen u.v.m. nutzen diese Dienstleistung von tredition, um unter eigener Marke ohne Risiko Bücher zu verlegen.

Alle Informationen im Internet: **www.tredition.de/fuer-verlage**

tredition wurde mit mehreren Innovationspreisen ausgezeichnet, u. a. mit dem Webfuture Award und dem Innovationspreis der Buch Digitale.

tredition ist Mitglied im Börsenverein des Deutschen Buchhandels.

Dieses Werk elektronisch lesen

Dieses Werk ist Teil der Gutenberg-DE Edition DVD. Diese enthält das komplette Archiv des Projekt Gutenberg-DE. Die DVD ist im Internet erhältlich auf **http://gutenbergshop.abc.de**